诗与哲学

三位哲学诗人

卢克莱修、但丁及歌德

Three Philosophical Poets
Lucretius,
Dante,
and Goethe

〔西班牙〕乔治·桑塔亚那 著

华明 译

商务印书馆
The Commercial Press

译 序

有人认为,诗的局部优于整体,短诗优于长诗。这种说法不无道理。在这方面,爱伦·坡的观点最有代表性。他认为,诗以灵魂的升华作为刺激,诗的价值与这种升华的刺激成正比,但是由于心理的规律,一切刺激都是短暂的,而在任何长篇作品中,刺激都难以持久。像《失乐园》这样的长诗,不过是一系列的小诗,是真正好诗与平庸段落的不断交替。因此长诗阅读也是刺激与消沉的反复更迭,于是长诗无论在效果还是事实上,都不再是诗了。他断然认为,长诗是不存在的。

对此,桑塔亚那问道,是否"只有飞逝的瞬间、心境、插曲,才能被人销魂蚀骨地感受到,或令人销魂蚀骨地表现出;而作为整体的生活、历史、人物和命运,都是不适合作为想像力停留的对象,并与诗歌相排斥"呢?他进而说道:"如果这就像它通常那样被认为是事实的话,那么我们就会发现渺小的事物令人喜悦,而伟大的事物枯燥无味,缺乏形式。"

其实,诗之所以为诗,那是因为它那巧妙的用字、铿锵的音节、鲜明的意象、深邃的哲理。这些东西唤起你的联想,拨动你的心弦。突然之间,你在一字一句、一首诗中发现了一种既陌生又熟悉的境界,它把你的某种感情维系住了;是的,人的任何情感在心中升起,必定伴随一物一人、一场面一事件,用桑塔亚那自己的话说:"诗歌的极致……在于它在想像的时刻,能把现实中不可思议的方面,同我们现实生活的经验联系起来。"当你惊奇而生动地体验某种事物,直觉而持续地抒发某种感情的时候,你就得到了一种桑塔亚那称之为"客观化的快感"的心灵感受,亦即美感。

诗的局部或者短诗似乎较优,这是因为它易于对准一件事物、捕捉一种情感,所以它易于凝聚成为一个艺术整体,而整一性是艺术形式的首要条件。长诗内容繁杂,规模宏大,似乎难以整一。

但是,桑塔亚那认为,规模宏大的诗甚至可以更有诗意,例如卢克莱修的《物性论》、但丁的《神曲》和歌德的《浮士德》。

这些诗作当然具有诗歌应有的美妙音韵、神奇比喻、惊人意象和闪光哲理。更重要的是,它们同样具有艺术的完整性，因为它们都有某种哲学作为统领，而且正是因为它们以哲学为统领，它们才更加伟大。

让我们做进一步的说明。这些诗作在哲学的指引下，眼光越过表面现象和局部领域，投向宇宙深处，投向人民中间。它们以时代的最高认识能力观察世界，用人类的最高艺术天才幻化现实。它们选择典型，包容社会，建立价值体系，描绘理想生活。它们不仅具有严肃的理性，而且富于奇异的想像。它们不是部分的堆积，不是事件的记录，它们都是深邃哲学与宏伟想像的产物。它们不但提出了世界构造和人类本性的重大问题，而且成为具有放射能力和永恒生命的活的整体，所以它们能够拓展视界，唤起良心，坚定意志，树立理想。如果诗人未能在长诗中成功地合成素材，使之成为活的整体，那是诗人缺乏综合与想像的能力；如果读者未能在好的长诗中成功地凝聚收获，由此达到诗的精髓，那是读者理解与感受的修养不够。

哲学是理性的沉淀，诗却是想像的飞扬。哲学可以给予诗以崇高和雄伟的气概，诗则可以给予哲学以生动和直观的表达；具有哲学的诗含有更多意义，创造哲学的诗则需要更多天才。当然，它得是诗。

卢克莱修的《物性论》采纳了古代希腊天才创立的最科学、最正确的宇宙观。它说明万物是由不灭的元素构成的,新旧事物的更替只不过是物质运动的表现。但丁的《神曲》建筑在中世纪神学最严峻、最神圣的人生观上。它认为人类生而有罪,人间一切活动都不过是神的主宰意志的象征。卢克莱修虽然勾画了科学而又明白的世界图景,但是他为这一世界观所配的却只是伊壁鸠鲁式的平庸的人生观。实际上,他的作品表现了对希腊文明衰落感到悲观的颓废情趣。但丁有着严谨而又正确的伦理标准,然而他的托勒密式宇宙观却很做作,完全是为了图解基督教义而对世界进行生造和虚构。有趣的是,无论是卢克莱修的人生观还是但丁的宇宙观,其艺术价值和诗意成分都不亚于前者的世界观或后者的伦理观。但是歌德还不满足,他生活的时代既是科学进步和人类理想不断胜利的时代,又是宗教唯心主义与科学唯物主义不断受到怀疑的时代。他理所当然地超越了卢克莱修和但丁。他的《浮士德》一方面是积极的,不断进取;另一方面又是怀疑的,不断抛弃。它超越了各种唯物或唯心的形而上学,只在永恒追求、永远超越中获取人自身的价值。

因此,这三部诗作不但分别作为完整的艺术品概括了三个社会时代的思想——古代希腊的自然主义、中世纪的超自然主义与近代的浪漫主义,而且它们共同组成了一个更高的统一体。它们相继否定、辩证转化,概括了整个欧洲哲学。

正如诗歌需要直观欣赏一样,桑塔亚那的书也需直接阅读。他的著作文采飞扬、意气风发,需要读者亲自品尝,方能同时领略其哲学价值与艺术之美。

华明
1989年2月于南京

前 言

现在这本著作,除少量增补外,由1910年2月我在哥伦比亚大学所作、同年4月在威斯康星大学再作的六篇演讲稿组成。这些演讲则是基于我在哈佛学院讲授了一段时间的一门课程。虽然我这本书是在这些学术恩主的庇护下产生的,但是不敢自称是学术性的。它是一位业余学者的印象、一位普通读者的鉴赏。论及三位伟大作家,其中至少有两位值得人们用毕生精力来研究。实际上,某些学术团体、图书馆和大学荣誉职位就是以他们的名字命名的。我不是卢克莱修研究专家;我也不是但丁学者或歌德学者。关于这些伟人,除去他们人所熟知的著作或众所周知的对他们的评论中已有的,我既不能报告什么事实,也不能提出任何假设。我写他们的理由,仅是每位新诗人都写春天那类凡人皆有的理由。他们吸引着我,他们使我沉思;他们向我揭示了自然和哲学的某些方面,纯粹是真诚鼓励我表达这些内容,好像任何人都有兴趣或愿意倾听。

因此，我能提供给好心的读者的，不是学术性的调查研究。它仅是一篇文学批评，以及一篇哲学史——或许是哲学本身——的概述。

乔治·桑塔亚那
1910年6月于哈佛学院

目 录

导 言 / 1
　　卢克莱修、但丁与歌德概括了欧洲哲学的主要阶段（自然主义、超自然主义与浪漫主义）——哲学与诗的理想关系

第一章　卢克莱修 / 15
　　古希腊宇宙观的发展——德谟克利特——伊壁鸠鲁的道德情操——它在德谟克利特学说中激起的变化——唯物主义与享乐主义的偶然结合——自然主义想像的价值——卢克莱修的维纳斯，或曰自然中吉祥的活动——卢克莱修的玛斯，或曰破坏的活动——压倒性的忧郁，以及它的原因——灵魂的物质性——对死的恐惧与对生的恐惧——真正的自然诗人卢克莱修——与雪莱和华兹华斯的比较——他反复强调的事物——他的眼光与情操的永恒价值

第二章　但丁 / 65
　　柏拉图主义的特征——它的宇宙观，一个寓言——它

和希伯来历史哲学的结合——但丁所采纳的教皇与帝国的理论——他对佛罗伦萨的判决——抒情诗人但丁——贝亚德：女性、象征与真实——爱情、魔法与象征主义：但丁的宇宙的结构原则——《神曲》的观念——美德与罪行的图表——报答与惩罚的报应理论——这一理论的奥秘方面，它甚至使得惩罚成为罪恶所固有的——例证——但丁的宇宙观——诗人的天才——他的宇宙眼界——他的喜剧的成功上演——他的缺点，不过他仍然是一位尽善尽美的诗人的典型

第三章　歌德 / *123*

浪漫主义精神——文艺复兴的理想——二者在浮士德传说中的表达——马洛的改写本——为浮士德辩解的倾向——与卡尔德隆《创造奇迹的魔术师》相对照——歌德最初的《浮士德》（万有的抱负与永恒的不满）——修改——生活中的一系列实验——嵌入格蕾辛的故事——歌德关于生活与更生的自然主义理论——海伦——古典方式与对古典主义的判决——浮士德最后的抱负——对他灵魂的争夺与他向着象征性的天堂的飞升——整部作品的寓意

结　语 / *183*

三位诗人的比较——他们的相对地位——关于哲学的或全面的诗人的理想——尚未尝试的艺术可能性

后　记 / *197*

导　言

拥有文学巨著的唯一好处在于,它们能够促使我们发展变化。作为由其作者所创立的丰功伟绩,它们即使在我们时代之前就已消亡,也不会丧失其真实与伟大。我们无法增减其原有价值或内在尊严。就它们是我们的佳肴而非毒药这点来说,它们只会给我们的思想增加价值与尊严。每一代人都得重新翻译和重新解释外国名著,以自己的方式再现它们原有的自然面貌,使其永葆人文价值的生命力,能够被人消化吸收。每位读者甚至也都要重新理解本国名著。正是这种对以往所提供的内容的不断消化,才能为我们提供对过去的洞察,这种洞察对当下与未来同样有效。生动的批评、真正的鉴赏,是我们年复一年从那些一去不复返的人类天才资本中提取的利息。

从这个观点来考虑,卢克莱修、但丁与歌德(对他我虽然只谈及《浮士德》)他们所遗留下来的诗篇作为被消化的内容,提供的绝不只是一顿菜肴丰富多样的筵席。从他们的信条和气质看,他们似乎相当对立,完全无法对他们的学说进行综合与统一。有些人了解并且关心其中某位诗人,他们可能怀疑自己是否可从其他两位诗人那里学到什么重要的东西。然而，去当每位诗人的学生——我希望是位有辨别力的学生——正是我想做的。我冒昧地断言：在使他们成为伟人的贡献方面，他们是相容的。人们无须采用含糊不清、模棱两可的趣味标准，就会热情赞美每位诗人的诗；人们无须抛弃自己思想的倾向或体系，就可接受每位诗人的基本哲学和直观知识。

事实上，如果我可以使用黑格尔的辩证法，那么这三位诗人的差异就会被转化成一种更高的统一。作为整体来看，他们概括了整个欧洲哲学。每个人都是一个时代的典型代表。卢克莱修采纳了古代希腊天才创立的最激进和最正确的宇宙观。他把世界看作一座大建筑、一部大机器，它的所有部件都按照一种普遍存在的过程或精神，相互作用，彼此相生。他的诗歌描绘自然，亦即万物的诞生与构成。它说明了万物如何由元素合成，这些元素（他认为这些元素是些永远运动的原子）如何不断重新分布，导致旧事物消亡，新事物诞生。他给这种世界观配上了一种人生观，即在这种环境中应该过的生活。他的唯物主义由对精神的自由和平静的渴求而完成。一旦允许我们观看在世界上永远自我重复的奇妙景观，我们就应该观看和赞美，因为我们明天就要死去；我们应该吃、喝、享乐，但是应该有节制和较艺术地这样做，否则我们就会痛苦地死去，今天就死。

这是一个完整的哲学体系——自然科学的唯物主义,伦理学的人道主义。这就是苏格拉底之前所有古希腊哲学的要旨。这是真正希腊式的哲学,与产生了希腊风格、希腊政府和希腊艺术的运动——从服饰到宗教,一切都向着单纯、自主和理性的运动——相应的哲学的要旨。这也是文艺复兴时期哲学的要旨。近代的培根、斯宾诺莎,以及注重科学与人类幸福的整个当代学派,都一再肯定它的科学与自由。这一理论体系被称为自然主义,卢克莱修是无可匹敌的自然主义诗人。

跳到一千多年以后,我们面前有一幅与此前形成鲜明对照的景象。一切思想、一切组织,都被一种把灵魂看作是凡间朝圣者的宗教所支配;世风堕落,罪恶横行;痛苦贫穷普遍存在,幸福不在现世,只能指望来世,还得假定现世生活的引诱和享乐没使我们上当。同时,有种雅各式的天梯从朝圣者安枕的石块直伸入他所向往的天堂,他看见天使们在梯子上面上上下下,那些天使就是一些美丽的故事、奇妙的理论、安慰人心的仪式。借助这些东西,他甚至在人间就享受了他在天国的生活。他在一定程度上明白他的命运。他自己的历史和世界的历史在他面前被美化了,虽然永远暗淡,但却变美丽了。完全尊奉上帝的意志,与他合一的狂喜在他祈祷时主宰了他。这是超自然主义,是一种主要由天主教会的基督教学说为代表的思想体系,它为后世的异教徒所采纳,并从远古直至今日在亚洲广泛地传播着。虽然在现今的欧洲和美洲,时代倾向不大接受这一观点,但是对于个人或种族来说,总有可能重新返归这一学说。它的根源在于灵魂的孤独,在于灵魂感到自己应该做的事情与灵魂在这个尘世间所做出的事情之间的差异或对立,而灵魂在这个尘世间所做出的事情本该受到谴责。属于这一超自然主义的无可匹敌的诗人是但丁。

再跳过大约五百年,场景又有变化。以前征服欧洲的日耳曼民族已经开始主宰和理解他们自己。他们变成了新教徒,即罗马世界的持不同政见者。在他们胸中,似乎有个无限的生命之泉打开了。为了新的热爱对象和新的企图征服的世界,他们依次诉诸《圣经》,诉诸学识,诉诸爱国主义,诉诸工业,但是他们过于活力有余而成熟不足,没有停留在这些事物中的任何一件上。一个精灵驱使他们前进。这个精灵永远是那样倔强、那样任性、那样反复无常,它就是他们的内在自我。这就是他们进取的意志,他们宏伟的胆略。不仅如此,他们的意志是上述所有事物的创造者。对于这些事物,它有时觉得有趣,有时感到困惑,但是从不驯服。他们的意志无中生有地召来机会与危险,只为自己的喜好行动。他们只有在这唯意志主义的行动中,才获得了自己的真实存在。一旦达到目标,事物就被超越。事物好像梦中过往的情节一样,人们对它付之一笑,然后把它忘了;虚构这种梦幻般的内容又把它们抛弃的精神永远强健而又无拘无束;它渴望着对新的梦幻进行新的征服。这就是浪漫主义,它是英国诗中常见的一种态度,也是德国哲学的特点。它为爱默生所采纳,又在美国人中引起共鸣。因为它表达了建设世界的青年的自信,以及对意志和行动的神秘信心。这一浪漫主义最伟大的纪念碑是歌德的《浮士德》。

对这三种哲学流派的最充分或许也是最持久有效的阐述都由诗人作出,这是偶然的吗?诗人在本质上是在追求一种哲学吗?抑或哲学最终不过就是诗?让我们来分析分析这种情况吧。

如果我们把哲学看作是对真理的研究,或者看作是对假定可能找到的真理的思考,那么哲学与诗毫无相似之处。伊壁鸠鲁、圣托马斯·阿奎那或康德的著作毫无诗意,它们只是落了叶的树林。在卢克莱修和但丁的著作中,我们看到不少除去韵律和偶然出现的修饰之外毫无诗意的段落。在这些段落中,散文内容披上了诗的外衣。卢克莱修的下述说法承认了这一点:"……正如医生企图把讨厌的苦艾拿给小孩子去吃的时候,就先在杯口四周涂满了甜汁和黄色的蜜糖,使年轻而无思虑的孩童的嘴受了骗,同时就吞下苦艾的苦汁,这样孩子虽然被逗弄,却不是全然受欺害,反而因此恢复健康并重新长得强壮……所以现在我也愿望用歌声来把我的哲学向你阐述,用女神柔和的语声,正好象是把它涂上诗的蜜汁。"[1]

但是不能把诗像黄油一样涂在事物上。它应该像光一样渲染事物,成为我们借以看到事物的中介。卢克莱修贬低他自己了。如果他的哲学对他来说真是苦艾的话,他就不会说出他在这段话前面说的下述这些话了:"但是那对于荣誉的巨大期望,已用尖锐的酒神杖戳穿了我的心,同时还向我心中灌进了诗神甜蜜的爱。现在,为这种爱、这种希望所鼓励,带着健壮的心灵,我漫游于派依里亚的遥远的仙境,那里从来人迹不至。我乐于来到那里的处女泉边汲饮清泉,我乐于采摘那个地方新的花朵,为我自己编织一个光荣的王冠。——文艺女神从来还未曾从这个地方采摘花朵编成花环加在一个凡人头上:首先,因为我所教导的是极重要的东西,并且是急切地从人的心灵解开那束缚着它的可怕的宗教的锁链;其次,因为关于这样晦

---

[1] 卢克莱修:《物性论》,第50、51页。(译文采用方书春的中文译本[商务印书馆,1981年],页码为中文译本的页码,下同。——译注)

涩的主题,我却唱出了如此明澈的歌声,把一切全都染以诗神的魅力……如果用这个方法我幸而能够把你的心神留住在我的诗句上,直至你看透了万事万物的本性,以及那交织成的结构是怎么样。"[1]

我想,在此我们的疑问已有了答案。对哲学做思考和研究是艰难的,如果诗要和这些思考研究联系在一起,它只能是做作勉强的,不美。但是哲学的眼界是崇高的,它揭示的世界秩序是美的、悲剧性的,与人的思想共鸣。这正是每位诗人在不同程度上一直企图抓住的东西。

就哲学本身来说,研究和思考只是预备的和附属的部分,是达到目的的手段。它们到达见解就停下了,或到达最高意义的所谓理论,即对一切事物的秩序和价值的确定思考。这种思考是富于想像力的。不能驰骋思想并且控制感情的人是无法达到它的,达到它的哲学家,那时就是一位诗人。而把自己运用熟练、富于情感的想像力指向一切事物的秩序或指向整个世界之光的诗人,此时就是哲学家。

然而,即使我们承认处于最佳时刻的哲学家是个诗人,我们也可能怀疑,当诗人试图成为哲学家时,或甚至他成功地成为哲学家时,会有其最差的时刻。哲学是某种理

---

[1] 《物性论》,第49—51页。

性和严肃的事物；诗歌却是一件高飞、闪动和灵感的事物。任何一首稍长的诗，其部分总是优于总体的。诗人能把一些词汇、一两种节拍、一个有趣的意象放到一起。他以这种方式表现某一相对说来高度紧张、情绪激烈的时刻。但是，下一时刻，紧张松弛下来，情绪平静下来，接下来的内容常与前面部分不太一致，或至少要差些。思想飘离了它开始时的路线。它迷失在寻找韵律的沙漠里。就人目前的素质来说，灵感的出现几乎必然是短暂的。

那么，我们能说——现在我要首次提出我所想到的一个观点以供讨论——诗歌本质上是简洁的，富有诗意的东西必然是诗人作品中的断断续续的部分，只有飞逝的瞬间、心境、插曲，才能被人销魂蚀骨地感受到，或令人销魂蚀骨地表现出；而作为整体的生活、历史、人物和命运，都是不适合想像力停留的对象，并与诗歌艺术相排斥吗？我不这么认为。如果这就像它通常那样被看作是事实的话，那么我们就会发现渺小的事物令人喜悦，而伟大的事物则枯燥无味，缺乏形式。若在诗句创作和在史诗创作中做一比较，如果认为只有善于诗句创作的才算是更好的诗人，那么不过是由于我们自己本身缺乏应有的能力，缺乏想像力和记忆力，最根本的是缺乏训练。

我想，这可以用心理分析来说明，如果我们愿意信赖如此抽象、如此存在争议的学说的话。简洁的诗人在什么地方胜过正在交谈或凝视的没有想像力的普通人呢？是他思考得更少吗？我想，不如说是在于他感觉到的更多。他直觉感受的时刻虽然稍纵即逝，却有某个生动有力的激发他的直觉感受的幻景、视像或者象征性事物与之伴随。如果感觉可以充分表达，那么只要感觉是强烈的，即使它很短暂，也能够将压缩在这一强烈而又短暂的时刻中的丰富内容与涵义表现出来。是的，我们遇到的每一件事肯定不是这次就是那次遇到的。它总是我们所经历的瞬间时刻。实际上哲学家以及诗人只限于这一瞬间。每个人都一定会用他无穷的展望来丰富它。如果在观察者的眼睛里，就在此时此地，这些展望完全显露出来的话，那么就必须专注于这些展望。使诗意洞察时刻与平常时刻相区别的，是诗意时刻的激情具有更大的透视能力。即使是简洁的诗人也要选择他的词汇，以使它们具有一种神奇的推动力，推动我们不知怎么就到达直觉的顶峰。措辞和意象的诗意特点不正在于它们浓缩并释放了由于长期体验而留在我们心中的骚乱的冲动吗？当我们感到诗意的激动时，我们不是纵览事物、历历在目，就像我们能在一滴露水中看到太阳的一切光辉一样吗？哲学思想不就是这么一个缩影吗？

如果因为短小段落含有对一些事物的联想,因而使我们的注意力高度紧张,并使我们狂喜和严肃,所以它就是诗意的;那么那些含有我们所思考的一切的景象的,它的诗意又该有多大呢?关注某一点体验,一定范围和一定深度地表达你的感觉,它会成为富有想像力的;关注一切体验,更大范围和更深刻地表达你的感觉,使它成为哲学家看待世界的图像,它将成为最富有想像力的,也是最有诗意的。有了要加以象征的体验之后,困难仅仅在于有足够的想像力把握它并将其保持在思想里面,进一步给予这一思想以某种文字表达,以使其他人能够理解它,被它所激励,好像一阵微风扫过了他们整个记忆的森林。

既然如此,那么,诗歌富有诗意并不是因为简洁或偶然,而是相反,是因为全面和广泛。如果因为事情过多,因而使诗变得沉重,那只是诗人智力不足的过错,而非世界太大的过错。更锐利的眼光,更善于综合的想像,同样能够容易地抓住更大的事物。表现这一更大主题的图画不会因为它的范围巨大而变得更单调更稀薄。相反,它会更深刻更浓烈,因为容量较大的图画与容量较小的图画相比,保有同样多的整一性。正如在一个戏剧性的转折关头,我们的全部生命似乎都集中于当前,主宰我们的意识并形成我们的决定。同样,对于每位哲学诗人来说,人的全部世界都聚为一体。他一声呐喊,召来了宇宙中与他共鸣、赞颂他的最终命运的所有一切,这时,他比任何时候都更是诗人。理解生活就是生活的顶点。而诗的顶点便是说出众神的语言。

但是,心理分析和凭空推理应该到此为止。三个历史实例将更清楚、更有说服力地证明我的观点。

第一章
卢克莱修

任何东西都不绝对消灭,虽然看起来好像如此;
因为自然永远以一物建造他物,
从不让任何东西产生,
除非有他物的死来作补偿。

——《物性论》

也许没有一部名诗像卢克莱修的著作《物性论》那样，其渊源受到如此穷根究底的追溯。然而，渊源不在诗人自身。如果渊源确在诗人自身，那么我们无法追溯，因为我们对卢克莱修其人不是一无所知，就是几近如此。在圣哲罗姆[1]主要根据苏维托尼乌斯[2]著作辑成的编年史上，各种逐年发生的事件都有记载。我们在公元前94年这里看到这样的记载："提图斯·卢克莱修，诗人，诞生。因饮春药导致发狂，他在时断时续的幻觉间隙写了几部书，后由西塞罗加以修订。44岁时自杀身亡。"

这篇记载中春药之说似系伪说。而且，发狂和自杀之说又把一个过于训诫的结局加给了这位无可怀疑的无神论者和伊壁鸠鲁主义者。如果说有什么东西使这个故事听来可信的话，那么就是某种一致，即我们感到这个悲剧事件和诗人作品中显示出的天才间存在着的某种一致。

---

[1] 圣哲罗姆（约347—420）：西方早期教会中学识最渊博的教父。曾将《圣经》的希伯来文《旧约》、希腊文《新约》译成拉丁文。此译本后来通称为"拉丁通俗译本"。——译注
[2] 苏维托尼乌斯（约70—130）：古罗马著名历史作家。著有《罗马十二帝王传》。——译注

在其作品中我们发现了对爱情的蔑视、奇异的狂烈和深沉的忧郁。认为这样一位诗人有时成了病态激情的奴隶,认为他的狂烈和灵感应该变成疯狂,认为他应该自杀而死,这些看法绝非不可置信。但是,圣哲罗姆的根据不可靠,我们无法确知,他所说的究竟是基于事实的传闻呢,还是巧妙的虚构。

　　我想,我们不必为对卢克莱修的生平知道甚少感到过于遗憾。他的著作中保留着他自己希望能保留下来的他的某个部分。完美的信念本身并不重要,重要的在于显示了公开的真理。要达到这一点,无疑需要所谓智力这一特殊天赋。因为智力能够一下子看出事物的本来面目。然而有了智力,人的其他部分,就像建筑完工之后的脚手架一样,成了无关紧要的东西。我们不希望它妨碍我们看到真正的建筑。艺术家设计的就是这个建筑——如果他确是为其他人而建筑,而非随心所欲地行动的话。自然主义者希望留给后代的,正是他的智力幻想,而非他个人身上那些先于这一幻想的庸俗事情。这些事情纵使偶尔也有趣,但不会在我们心中得到重现。然而在这幻想之中,思想家注入了他的才能,奉献了他的精力,它可以传达给我们,能够变成我们自身的一部分。

　　因为对我们来说,卢克莱修与他的诗合为一体,消失在他的哲学中，所以卢克莱修的个人身世不过是些脚手架。借助于此，他的自然观第一次在人们的头脑中形成。要追溯这些脚手架相当容易。其中有些只会令人感到过于熟悉。而且这个论题平淡无奇，可能会使我们看不到有关智力业绩的辉煌壮丽和进取精神。自然主义的事物观念是想像的伟大作品——我想，它比任何戏剧或寓言的神话都更伟大：它是能激发伟大诗作的观念。也许最终可证明，它是可以激发伟大诗作的唯一观念。

有人告诉我们，年迈的色诺芬[1]仰望苍穹喊道："一切为一。"逻辑上的公理，可能常是想像上的伟大发现，因为以前没人想到这种公理所系的明显比拟。所以，这事从逻辑上来看，所有事物为统一体是明显的，虽则也是贫乏的真理。因为各个相异无关的世界仍是一个大群，所以也是一个集合，因而在某种意义上，也是一个整体。还有，有意识地把目光投向整个苍穹，在心里得出所有现实的总和，发现现实总计如此，可以称之为一，这也是想像的伟大业绩。因为任何一个石块或者动物，虽然都由若干部分组成，但是一般说来也是称为一个。无疑，色诺芬之前也有某位史前天才，他首先把任何人只需观察事物就可获得统

---

[1] 色诺芬（约前570—前475）：希腊诗人、叙事诗作者、宗教思想家和埃利亚哲学学派的著名先驱者。——译注

一和整体概念的这种方法,应用于一切事物,于是他第一个大胆地说到了"这个世界"。这样做就是对整个自然哲学提出了问题,并在一定程度上预期了这个问题的解决。因为它问事物如何聚在一起,并且假定它们是以这种或那种方式聚在一起的。

喊出"一切为一",看出所有事物同在一景之中,并且借助并列形成一个体系,这是自然哲学智慧的原始开端。但是不难走得更远,看到事物是以一种更深奥更神秘的方式形成一个整体。例如,首先留给诗人,即感觉和思考的人的印象的事物之一,是形成世界的这些客体都已过去,因此此时此地已经无法再知道它们了。还有,它们消失之时,没有后继,其他事物起而代之。尽管死亡到处发生,自然却总是年轻而完整。取代不断消失的事物的事物时常在性质上和它明显相似,普遍的变化无常与事物的伟大单一并非不能共存。因此,当赫拉克利特感叹万物处于流动中时,《传道书》[1]的作者虽然完全相信这一真理,却还是感叹阳光之下没有新的事物。

这种对变异和再生的双重体验,既是情感的又是科学的体验。随之带来非常伟大的思想,也许是人类偶然发现

---

[1] 《传道书》:《圣经·旧约》中的一卷智慧文学作品,作者不详。——译注

的最伟大的思想,它也是卢克莱修的主要灵感。它就是我们在周围看到的一切,以及我们自身,可能是一种永恒物质的诸多暂时形式。这种物质在保持数量不变和内在质量不变的同时,不断重新分化。在重新分化中,它形成了我们称之为事物的这些集合体。我们发现它们又不断消失和重现。万物都是尘土,它们归于尘土。然而,尘土永远丰饶,注定永远进入新的、无疑也是美的形式。这一物质概念给广阔的世界带来了一种更伟大的统一。它要我们相信,一切事物互相转化,它们从一个共同根基不断产生,并返回那里。

无情变化的奇观,时间的胜利,或者其他什么我们给予的名称,从来就是抒情诗和悲剧诗以及宗教冥想的主题。看出普遍的变异,感到生命的虚浮,一向就是严肃的开端。它是任何美的、适度和柔情的哲学的前提。在此之前,无论在道德上还是在诗歌中,一切都是未开化的。因为直到那时,人类尚未学会放弃任何事物,尚未成熟到摆脱动物性的本能的自我主义与乐观主义,尚未将自己的存在或信仰的中心从意志转到想像。

既然如此,那么发现物质就是理智生活的伟大一步了,即使物质被负面地看作这样一个术语,那它仅仅用于作为一种对照,来标记所有特定的时刻与事物的不确定性,一种虚浮。这就是印度的诗歌和哲学看待物质的方式。但是古希腊物理学以及卢克莱修诗歌达到的,却超过了这一点。卢克莱修和古希腊人在观察宇宙变异和生命虚浮时,在其现象之后看出了一种伟大明确的过程,一种质的进化。现实与幻象一起变得有趣,物理学变得科学了,而它以前只不过是展示性的。

对于发现了这一欢快或忧郁的永恒变化的根由与隐秘原因的诗人与哲学家来说,这是一个更为丰富的主题。欧洲人具有能够发现这些原因的理解能力,这使他做了没有一个印度神秘主义者、没有一个轻视理解能力者容许自己去做的事,亦即用强健、实用的智力,支配、预测和改造这一变化中的景象。发现表象的秘密源泉的人在冥思中打开了第二个存在的世界、自然的工场及其忙碌的内部。这里奇异的机制正不断维持着我们的生活,随时在远处对它进行最为精细的调整。这一机制的运行,在产生和随时养育生命之时,也常常使之为难,并宣判它的死亡。这一真理第一次由自然物质的概念得到说明,它证明了幻想的和幻灭的诗人总为人间事物写出挽歌是合理的。它是具有忧郁侧面的真理;但是既为真理,它就能满足和提高理性思维,而理性思维则渴求作为真理的真理。无论它是令人忧郁的,还是令人安逸的,都希望追求一种可能的而非不可能的幸福。

至此,古希腊科学已经得出结论:世界就是"一",存在一种物质,这是一种有形物质,它在空间中分布和运动,它是事物。但问题仍然存在。事物的确切性质是什么,它如何产生我们看到的现象呢?这里我们关心的唯一答案是卢克莱修所给出的那种,他从他的万事之师伊壁鸠鲁那里接受的那种。而后者又是从德谟克利特那里接受和得来的。选择一种显而易见的物质,例如水,或者像安那克萨哥拉[1]所做的那样,收集各种显而易见的物质,并且试图得出世界源出于此的结论,这样的假说现在已由德谟克利特明显超越。德谟克利特认为,一切事物的本质不应具有某些事物所表现而其他事物或缺的任何性质,它应只有任何事物都表现的性质。它应是"纯粹的"物质。依照他的看法,物质性由广延性、外观性和固体性构成。如果我们的目光足够锐利,那么我们在最稀薄的以太中,应该找到的不过是具有这些性质的微粒。事物的所有其他性质只不过是表面的,是思维惯性强加给它们的。思维是一个天生的神话编著者,它把自己的感觉投射到它们的起因之上。光、色、味、温、美、好,都是这种被强加的和常规性的性质,只有空间和物质是真的。但是虚空的真实不亚于物质的

---

[1] 安那克萨哥拉(约前500—前428):古希腊自然哲学家。——译注

真实。因此,虽然物质的原子从未改变其形式,但是自然中会发生真实的变化,因为它们的位置可能在真实的空间中改变。

与印度人那种毫无用处的物质不同,德谟克利特的物质能够为现象的变化提供可靠的根据,因为这个物质在虚空中分布不匀,并且不断流动。每种现象,无论怎样转瞬即逝,都与物质的一种精确结构相对应。它随这一结构诞生,并随它而消灭。因此,这个物质是物理的,而不是形而上的。这不是一个辩证的术语,而是一个科学的预感,是有关装备适当的观察者能在物体内部发现什么东西的一个预言。唯物主义不是一种形而上学的体系,它是化学和物理学上的一种推测。其大意是,如果分析足够深入,人们就会发现,所有物质都是同类的,所有运动都是规则的。

依照德谟克利特的看法,物质虽然同类,但是终极粒子的形式是不同的;它们的不同组合构成自然中的不同物体。运动不像凡夫俗子(以及亚里士多德)猜想的那样,是非自然的,由某种精神原因神奇地产生出来;它是永恒的,为原子所固有。受冲击时,它们做出反应。这些接触引起的机械潮流和旋涡形成了一个星系的集合,称为宇宙,点缀在无限空间中。

关于运动的机械论,关于结构的原子论,关于物质的唯物主义，这就是德谟克利特的全部体系。在对方法和理解的理想要求这个意义上说，它的洞察力是令人惊异的。同样，在其简明性上，它也是奇特大胆的。只有最自信的理性主义者、最大胆的预言家，才能断然地接受它。时间已经给了它大量的证明。如果德谟克利特能够俯视现在科学的状况，那么他会按照往常做事的习惯，既为我们能为他的哲学遗产提供证据而发笑，又为我们无法猜测其余内容的愚蠢而发笑。

卢克莱修作品中有两句箴言，时至今日仍能作为区别思想家是否是自然主义者的标准。他说："因为身体中任何东西都不是为了我们能用它才产生出来，而是长了它才有它的用处的。"[1] 科学的所有进步所依赖的正是这种对最终原因的抛弃。另一句箴言是："因为，事情会一件一件变清楚，瞎眼睛的夜也不会把你的路抢走，阻碍你投向自然的最遥远处的眼光。这样，事物将为事物燃起新的火炬。"[2] 自然是它自己的标准。如果它在我们看来是不自然的，那么我们的想法也无济于事。

我们从少量证据可以判断，德谟克利特的伦理学也仅是描述性的或讽刺性的。他是位贵族式的评论者，嘲笑所

---

[1] 《物性论》，第235页。
[2] 《物性论》，第60页。

有笨蛋。自然嘲笑我们所有的人。聪明的人自知天命,借助认识达到这一点,在一定程度上使自己超越天命。一切生命都追求他们认为能够得到的最大幸福。但不可思议的是,他们全都目光短浅。哲学家的事业就是预见和追求真正可能得到的最大幸福。在这个如此艰难的世界上,这主要在放弃和克己中才能找到。如果你不要求什么,那么事情就很可能不会让你失望。重要的是别当傻瓜,但这并不容易。

德谟克利特的体系为伊壁鸠鲁所采纳,但是并非因为伊壁鸠鲁有什么特别犀利的科学眼光。相反,伊壁鸠鲁,赫伯特·斯宾塞的先师,在其自然哲学方面,是个二手知识的百科全书式学者。他的目光注意的不是自然,而是一种内在信仰——这是一种在道德上可以接受的,注定为救世所必需的,不惜一切代价、使用一切武器加以捍卫的信仰。他用这种眼光选择并集成了他那些既冗长又琐细、既朦胧又断续的科学大杂烩。道德通常会拒绝与自己并不相干的唯物主义,但在这里却接受了唯物主义。这很有启发性。

对于那些带着恐惧或羡慕的心情听说过伊壁鸠鲁沉溺于猪栏狗巢之地的人来说,不可思议的是,他竟是位圣人。世风令他沮丧。他那时代的雅典,我们中某些人将会乐于看到,在其政治衰败之中保留着它所有的辉煌壮丽。但是那里没有东西使伊壁鸠鲁感到有趣或高兴。剧场、柱廊、竞技场,以及至高无上的议事场,都令他感到充满了浮华和愚蠢。他隐退到自家的庭园里,与一些朋友和门徒一起,寻找平和的生活方式。他生活节俭,说话谦和;他周济穷人,斥责财富、野心和激情;他捍卫自由意志。因为他希望退出尘世去实践它,不愿随波逐流。他否定超自然的事物,因为对超自然的事物的信仰会对思想有令人不安的影响,使得太多事情变成非做不可的和极为重要的。没有未来生活,明智生活的艺术绝不能被这种骚动的想像所扭曲。

一切事情的发生都应归于自然过程。众神过于冷漠逍遥,像虔诚的伊壁鸠鲁主义者一样隐居着,不干预凡间的事情。没有什么东西触动华兹华斯所谓的他们的"骄奢淫逸的漠不关心"。然而,经常去造访神殿是令人愉快的事。在神殿里,众神安详俊美,呈现着人的外形,像在天体之间他们居住的空间里生活时一样。不幸的人看到他们的塑像,就会想起幸福。他重新振作起来,一时摆脱了毫无意义的人间事务。这位哲学家从这些园林和圣所返回自己的庭院,他的智慧增加了,独处得更愉快了,对整个世界更温和更冷淡了。这样,按照圣哲罗姆的说法,伊壁鸠鲁的生活"尽是蔬菜、水果,以及绝对禁欲"。其中有种居丧式的静寂。他的哲学是颓废的哲学,消极的哲学,逃避现实世界的哲学。

虽然科学出于本身的原因不可能对如此僧侣化的自然感兴趣,但是科学在支持这种信仰或在消除对它的异议方面,可能是有用的。因此,伊壁鸠鲁没有追随苏格拉底,而去寻找一种能够支持其伦理学的自然科学。在所有现存体系中——它们极为众多——他发现德谟克利特的体系最有用,最有益于教化。它比其他任何体系都更好地规劝人们抛弃应该抛弃的愚蠢,享受应该享受的快乐。但是,因为德谟克利特的体系是出于用这种形式和实用主义的原因而被采纳的,所以它不能整个被采纳。事实上,至少有一个修正是非常重要的。原子的运动必定不是完全规则和机械的。必须承认机遇,但应排除命运。命运是个吓唬人的概念。它是怀有迷信热情的人说出的。对普通人来说,机遇是种更平凡、更亲切的东西。但愿原子可以不时地偏离自己的轨道,这样,前途依然不可预测,但自由意志却能保留下来。因此,伊壁鸠鲁断言原子会偏离开,又加上许多奇谈怪论说明机遇的采纳将有助于自然的组织。因为所谓原子的偏斜将能解释原子最初的平行流动能够转变为旋转,并最终组成物体。让我们暂时说到这里。

唯物主义像其他任何自然哲学体系一样，本来并不带有戒律或训导。它只描述世界，包括凡人的追求与良心，并把这一切归于物质原因。唯物主义者是人，不免会有自己的偏好或者良心。但是他的格言和原则表达的不是他的科学的逻辑内涵，而是他的人类本能，即遗传和经验所形成的东西。所以任何伦理体系都能与唯物主义共存。因为即使唯物主义宣称某些事物（像永生）是不可能的，它也不能宣称它们是不受欢迎的。然而，说一个人信奉唯物主义，不见得就是说他追求他认为不可得到的东西。因此，在唯物主义与世俗道德之间，有某种非逻辑的心理的联系。

唯物主义者基本上是位观察者。可能在伦理学方面他也是如此。亦即，除非世界的前进使他产生情感，否则他不会有伦理观。如果他是一位自由思想家[1]，真的毫无偏见，那么他会热爱生活。因为我们全都喜爱海鸥和海豚身上那种完美的生气，或者能给我们同样印象的东西。我想，这就是与朝气蓬勃的唯物主义在心理方面一致的伦理情操：与事物的运动产生共鸣，对涌起的波浪生发兴趣，对波浪起伏喷吐出的泡沫感到愉快。自然本身并不区别好坏，但是自然的爱好者区别好坏。他把与他自己的生命相

---

[1] 自由思想家（esprit fort），特指宗教上的自由思想者。——译注

似的、本身具有生气并且能提高他自己的生气的东西称为好的。这就是哲学中最伟大的近代自然主义者斯宾诺莎的伦理感情。我们还将看到,卢克莱修如何被他自己的诗的迷醉引入了同一方向,尽管他忠于苦行僧伊壁鸠鲁。

但是请注意这一结合的关键之处:唯物主义者在热爱他自己的生命的同时也将热爱自然的生命。但是如果他憎恨自己的生命,自然的生命又如何能使他高兴呢?而现在伊壁鸠鲁主要就是憎恨生命。他的道德体系被称为享乐主义,它推崇那种没有激动也无须冒险的快乐。这个理想是有节制的,甚至是纯洁的,但它没有生气。伊壁鸠鲁以其仁慈、友善,以及对战争、对牺牲和对受难的极度恐惧而著称。这些不是真正的自然主义者应该具有的情操。斯宾诺莎说,怜悯与忏悔是空虚和罪过。能够增加一个人的力量和快乐的东西也能增加他的善良。自然主义者会信仰某种冷酷与无情,就像尼采那样。他会喜欢某种嘲讽,就像德谟克利特的笑声也是嘲讽那样。他不会仔细计算他为得到东西而付出的代价;他会是个帝国主义者,沉迷于得到某物的欢乐之中。一言以蔽之,形成期的或进取时代的唯物主义的道德色彩是贵族化的和想像性的。但在衰落期或抛弃一切的人的心中,唯物主义的道德色彩就会像是伊壁鸠鲁心中的一样,是人道主义的和怯懦的享乐主义的。

现在我们面前有了卢克莱修论自然诗的渊源和成分,还有诗人自己的天赋。这个天赋的最伟大之处就是那种把自己消融在自己对象中的能力,即它的非个体性。我们似乎并非在读诗人关于事物的诗,而是在读事物自己的诗。事物有它们自己的诗,不是因为我们给了它们些什么象征,而是因为它们有自己的运动和生命,这就是卢克莱修干脆彻底地向人类证明了的。

当然,我们在自然中看到的诗,起源于景观在我们身上激起的情感。自然的生命可以像它做过选择一样浪漫和崇高,但是如果自然没有在我们心中激起崇高浪漫之情与之共鸣,那么自然也就不过是尘土。但我们的情感也许是真纯的。它也许会关注自然真正是什么和做什么,以前是什么,以及将来永远做什么。它无须出自对涉及我们自己个人的或提示我们自我放纵幻想的这些无尽现实事物的关注。不,自然的诗只能用它所唤醒的直觉力量和它所发动的理解能力加以欣赏。我应该说,这些天赋比我们的心境或乏味的梦幻更能拉紧灵魂之弦,使其产生全部生气和音乐。自然主义是一种观察的哲学,是一种扩展可见事物的想像。自然的一切声光都进入其中,把它们的直接性、生动性和强迫力量加之于它。同时,自然主义也是一种智力哲学。它推测到现象后的物质、变化后的连续、机遇后的规律。因此,它把所有这些声光归于一个联系并说明它们的隐秘背景。这样加以理解,自然就既有表面又有深度,既有可感的变化又有力量与必然。在这一洞见的崇高伟大面前,一切形式的感情谬见都显得渺小做作。神话对幼稚的头脑来说是唯一可能存在的诗,但相比之下却显得像低劣的浮夸之辞。自然主义诗人摒弃童话世界,因为他发现了自然、历史和人的真正激情。他的想像力达到了成熟期;想象力的乐趣在于把握,而非游戏。

对事物本来面目的诗性的把握,可以最好地在莎士比亚对待人的方式和卢克莱修对待自然的方式中看到。他的细节无比生动、自然、直接。他在布置事实方面既大胆又严肃。是真理吸引着他并带着他前行。他希望用事实,用一件接一件势不可挡地倾泻在我们头上、异口同声地说明着世界本性的事物证据,使我们相信并且清醒。

然而,假设——这是一个有根据的假设——卢克莱修在科学上大错特错,根本没有空间、没有物质、没有自然,那么,他的诗就与我们的生活和个人信念毫无关系了。然而我们还能构想出一个像他的描述那样组成的世界。想想看吧,当一位德谟克利特或一位卢克莱修向生活在这样一个世界上的人们揭示出他们的真实处境时,他们会有何种感情。扫除了多么巨大的盲目与愚昧啊！获得的景观又何等壮丽啊！未来多么清楚，过去多么明了，具有无意识的永恒生产力的原子群又何等奇妙！自然的每个角落缝隙都像群星灿烂之夜呈现在我们眼中的天空，生命与那些星座一起嬉戏，到处露出微笑。的确，这个宇宙对于居其中的人来说，会有它的诗歌。卢克莱修发现他自己生活在这样一个世界上，他听见了它的乐曲，并且写了下来。

然而，当他自己开始从伊壁鸠鲁学说出发创作他的诗歌时，这个任务的伟大似乎压倒了他。精微的希腊文已经描绘出的一切事物的诞生与本性，第一次由他用响亮但又笨重的拉丁文展现出来。他得驱散迷信，反驳敌手，建立科学与智慧的坚实基础，努力号召人类从极度激情与愚昧中走向简朴与和平的生活。他自己是够好斗的和够多事的——因为时常是我们的困境而不是我们的造诣决定着我们的理想。也是在预示人类幸福的到来、在描绘众神的出现中，他要获得他的自我，用他六韵步的强大羽翅高飞到冥想与热情的狂迷之中。阅读这些诗句会有如此伟大的感情，那么写作这些诗句又会怎样？他能否成功呢？这些伟大的事件是否注定落在他的身上？是的，可能是这样的，只要永远无限的和随时可得的自然的创造力能够进入他的头脑和他的精神;只要永远在空气中流动的腐败疯狂的萌芽能被吹开片刻;只要在他思想和写作时人间冲突的骚扰之声能够中止。一个孩子的存在首先归于原子的幸运会合。诗人的灵感与成功应该归于吉祥的时机和环境。卢克莱修意识到他的任务依赖于这些偶然的会合,他从召唤他要描写的那些力量开始,他知道它们会给他生命和才能,并足以使他能够描写它们。这些力量立即给他以快乐的灵感,也许是对恩培多克勒[1]的快乐的追忆。在原子的普遍趋向中,有两种伟大前景是道德家可以看得出来的:创造运动,产生道德家重视的东西;毁灭运动,消灭那种东西。卢克莱修非常清楚,这个区别仅是精神上的,或如人们现在所说,是主观上的。没有一人像他那样如此经常地明确指出,在这个世界上,没有一物不是由其他事物之死而助其生的。[2] 因此,毁灭运动在创造着,创造运动在毁灭着。然而,从任何特定生命或利益的观点来看,创造力与毁灭力之间的区别是真实的和首要的。提出这点并非否

---

[1] 恩培多克勒(前490—前430):古希腊哲学家、政治家、诗人,提出"四根说",认为万物由火、气、水、土组合而成。——译注

[2] 《物性论》,第14页:
任何东西都不绝对消灭,虽然看起来好像如此;
因为自然永远以一物建造他物,
从不让任何东西产生,
除非有他物的死来作补偿。

认自然的机械结构,而只是说明这一机械结构如何在精神上是丰富的,它的个别部分又是如何对你对我、对它的个别活的产物是友好或敌对的。

事物的这种双重色彩对于哲学家来说是最为有趣的,以至到了如此程度——在他的物理科学达到机械阶段之前,他将毫不怀疑地认为,事物向他表现出来的双重方面是这些事物本身的双重原则。所以,恩培多克勒曾经说过,爱与斗争分别是聚合与分散元素的两种力量,在它们之间展开着世界的永恒活动,一种力量永远编织着生命的新鲜形式,另一种永远在瓦解它们。[1]

为了把恩培多克勒学说中特指神力的名称"爱"和"斗争",换成罗马神话中具有相同特指意义的名称"维纳斯"与"玛斯",需要对传统修辞学做点让步。卢克莱修的玛斯与维纳斯不是道德力量,与原子的机制并非不相容。就它们现在既产生又毁灭生命,或就其他伟大事业,比如卢克莱修创作他的诗篇来说,它们就是这一原子的机制本身。玛斯与维纳斯共同携手统治宇宙。除非某种事物死亡,否则没有事物诞生。然而,当诞生之物本身的快乐比毁灭之物更大,或前者比后者对我们来说更相宜时,诗人就说维

---

[1] 柏拉图在《会饮篇》第186—188页借鄂吕克锡马柯之口很好地表达了这一观点。

纳斯胜利了。她恳求被她迷住的情人暂时抑制他有害的怒火。(我意译了开头段落。)[1] 这时春回大地,风调雨顺,大地开满鲜花,阳光普照,长空无云,各种动物心中感到维纳斯的强大的推动力。田野上五谷丰登,甚至海洋也平和地载负着在它身上航行的船队。

然而,罗马人民是维纳斯这些作品中特别重要的。在这个种族的蓬勃生气中,或说在它的同化能力中,自然的塑造能力得到了最好的体现。这个种族征服了如此众多的其他种族,并使得这些种族变得开化并且平服下来。传说把维纳斯说成埃涅阿斯的母亲,又把埃涅阿斯说成罗马人的祖先。卢克莱修抓住这个巧妙的巧合,把寓言的维纳斯与真正的维纳斯即整个自然中的吉祥之力相等同,而罗

---

[1] 《物性论》,第1页:
罗马的母亲,群神和众生的欢乐,
维娜丝,生命的给予者,
在悄然运行的群星底下,
你使生命充满航道纵横的海洋,
和果实累累的土地——
因为一切生物只由于你才不断地被孕育,
只由于你才生出来看见这片阳光——
在你面前,女神啊,在你出现的时候,
狂暴的风和巨大的云块逃奔了,
为了你,巧妙多计的大地长出香花,
为了你,平静的海面微笑着,
而宁静的天宇也为你发出灿烂的光彩!

马就是这一吉祥之力的最高作品。但是,诗人的作品如果必须真正完成,他也必须让它的幸运发表和它的说服力量指望同一吉祥的运动。维纳斯必须是他艺术和哲学的守护神。她必须让明米佑[1]避开战争,这一点他会明白,还得抛弃浮妄的野心;她必须阻止暴乱的发生。这样,卢克莱修才能专心于伊壁鸠鲁的训诫,把他的全部感情献给崇高的友谊。这友谊促使他用所有不眠之夜进行专心研究,测定每个不可见的原子的行程,几乎直达众神的所在地。[2]

这种有助于生命的维纳斯形象的扮演可能是不合理的——它也许真会与自然的机械观相抵触——如果它没有一种代表相反倾向,即同样普遍的向着死亡的倾向的形象加以平衡的话。

---

1 明米佑:古罗马政治家,卢克莱修的好友,卢克莱修的《物性论》就是献给他的。——译注
2 《物性论》,第2、3、8页:
既然只是你统御着宇宙……
所以我渴求你和我合作这诗篇,
我要冒昧地用它来论说自然,
以献给我的明米佑……
在你怀里,翘起头来张开嘴,
用他的眼睛注视着你,
他的贪馋的眼光啮食着爱情……
最重要的是我们必须以锐厉的推理,
去看精神和灵魂是由什么所构成,
去看这些东西这样可怕地袭击
睡眠中的我们,痛苦中醒着的我们。

第一章　卢克莱修

开头段落的玛斯一度屈服于爱的甜言蜜语,在全诗的其余部分则发泄其不可压抑的狂怒。这些是每一种嬗变的两个方面。在创造中,一个事物毁灭另外一个。这种嬗变是永恒的——除了虚空、原子及其运动之外,没有事物持久不变——随后,对于任何特定事物来说,向着死亡的倾向是最终的和战无不胜的倾向。维纳斯和玛斯的名称对于诗人的思想来说并不重要,可以略去。它们代表的实际过程可以直接加以描述。然而,如果诗歌已经写完,卢克莱修又希望使结尾与开头相协调,表现出世界仿佛就是一种伟大循环的话,那么,可以想像,他会在结尾处加上一段神话,用以配合开头一段。我们将会看到,玛斯从其纵欲后的懒散中醒来,重现他的永恒天性,手持火把,从爱的宫殿里冲出来,向全宇宙撒出破坏,直到一切事物都在猛烈燃烧,一齐毁灭。然而并非完全如此。因为女神本人还在,她的变化之美比以前更为神圣,更为可人。战神将本能地再次沉入她的怀抱,那时他陶醉了,倦于屠杀;而一个新世界将从原有的散乱的原子中升起。

这些无尽的变革自发地进行着,精确地平衡着。公正地想,我不能肯定,新世界的出现是否就比这个世界继续存在更为令人悲哀。此外,自然从我们这里取得的不会多于它所给予的。如果我们追随缺乏深思熟虑的现代悲观主义者们，认为自然仅仅是或主要是破坏性的，那就是强词夺理和忘恩负义。她为了创造而毁灭，为了毁灭而创造。她的兴趣（如果我们可以这样表述）不在于特定事物，也不在于事物的持续，而仅在于它们后面的运动，在于物质之下的流动。然而，生命属于形式，并不属于物质。或者用卢克莱修的话说，生命是一个结果，是均衡的物质中具有的一个理想的产物或偶然的方面。正如掷出六点也是一个结果，是摇骰子筒时具有的一个理想的产物或偶然的方面一样。正如这一掷创造了骰子游戏中的顶点和最佳可能结果一样，生命也是原子之舞的顶点和最佳可能结果。正是从这种结果的观点出发，整个过程才能为我们所观察和判断。直到这幸运的偶然发生的时候，我们才在精神上存在，我们才能思想和判断。哲学家处于波浪的顶端，他是滚滚暴风雨中的泡沫。因为波浪在他生成之前必定已经涌起，所以他活着所见到的一切就是波浪的降落。他生活中所经历的颓败是他面前的唯一前景，他的全部哲学必然是死的预言。至于随后可能到来的生命，那时原子又重新聚合起来，则是他无法去想像的。他所知道和分享的生命，对他来说作为生活的一切，正在衰弱，几乎已经过去。

因此，非常诚实的卢克莱修，是被一种深沉的忧郁笼罩着的。他对春天、对爱情、对抱负、对文化的发展与智力的胜利的描绘是生动活泼的。但是,这些事物与他用生动笔触描绘的死亡——意志的衰弱、享乐的懒散、社会的腐败和瓦解、贫瘠的土壤、被驯服或被杀戮的野兽、贫困、瘟疫,以及随时到来的饥荒——相比,显得苍白无力。至于个人之死,几乎就在同时,他灵魂的原子从松弛的身体中逃逸而去,最后消散了,混合并在宇宙缝隙中自己消失了。如果我们考虑的是物质,那么没有什么东西从无中来,没有什么东西会归于无。但是如果我们考虑的是事物,即爱和体验的对象,那么一切事物来自无,一切事物又归于无。时间不能给虚空或原子留下印记。不仅如此,时间本身就是虚空中原子运动创造的结果。但是,时间对个人、民族和所有世界的胜利都是绝对的。[1]

---

[1] 《物性论》,第127—129页:
因此,很有理由万物都是要死亡,
当它们因为原素的减退而消瘦,
而外来的打击又把它们击倒的时候;……
必须是食物才能对一切给以支持,——
但是现在这一切已毫无用处,……
今天年老的农夫摇着头,
一再叹息他双手的辛劳全落了空;
当他想到眼前的光景是如何不如昔日
他就常常会赞羡他祖先的好运气……
也不明白所有的东西
为岁月和生命的消逝所损耗
都必逐渐衰老而走向坟墓。

在论及灵魂不朽时,卢克莱修是个有缺陷的心理学家和武断的道德家。他企图证明灵魂不朽的那种热情,是由消除有关来世惩罚的所有恐惧,因而可以解放心灵,平和安逸地享受此岸世界的愿望所激发的。无疑,在这方面有东西可获得,特别是如果关于神的报应必将来临的故事被用来当作制约非理性的活动,用来防止穷人改变他们命运的话。同时,假定地狱是永生能向我们中任何人开放的唯一希望,是不合理的。宗教寓言预示死亡之人将会伴有的惩罚主要是恶行带给生灵的实际堕落的象征,看不到这一点也是不合理的。这样,如果仔细分析对地狱的恐惧,就会发现它并不比对生活的体验更具有威慑力和约束力。

在这番有关永生的论争中,有另一种因素。一方面,它非常有趣,表现了颓废时代的特点;另一方面,它显示了一种非常片面、实质上是站不住脚的理想。这个因素就是对生命的恐惧。伊壁鸠鲁是个纯洁善良但又卑怯胆小的道德家。他是如此害怕做出伤害之事和被人伤害,如此害怕冒风险和向命运挑战。因此,他希望证明人的生命是短暂的,不能经受任何大的改造,不会取得任何大的成就。他教导说,原子已经产生了它们能够产生的所有动物。因为原子虽然数量无限,但是种类不多。原子存在的可能种类是有限的,不久就会耗尽。这个世界虽然处于破坏前夕,但是却还在新时代。围绕它的万物,或者未来将产生的事物,不可能提供任何本质不同的东西。所有的太阳都是一样的,阳光之下也没有新的东西。那么,我们无须害怕世界,它是一个已探查过的和蔼可亲的地方——一个家,一个小花园,六尺黄土就可供人伸腿。如果有人怒火中烧,发出巨响,那不是因为有什么可争夺的或可害怕的,而是因为人们疯了。想想伊壁鸠鲁,别让自己发疯,让自己理智一些,培养住在一个无限单调、精神上舒适卑微、物质上一贫如洗的世界上的居民应有的情操。菲茨杰拉德的著名诗行完满地回响着这种情操:

> 树下一本诗集,
> 一壶美酒、一块面包——
> 有你在我身边,在田野上歌唱——
> 哦,田野比得上天堂!

但是,如果难以预料的可能事件降临这个阳光灿烂的隐退之地,那又怎么办呢?如果死后我们在一个原子哲学毫不适用的世界上醒来,那又怎么办呢?注意,这一假设一点也不会与科学用于证明原子理论正确无误的任何论据相冲突。伊壁鸠鲁关于我们现在面前宇宙的一切教导都完全是对的。但是,如果明天有个新的宇宙取而代之,那又怎么办呢?无疑这个假设没有根据,有识之人不会为它过多烦恼。然而,感情空虚之时,它会自己充满这类模糊的梦。伊壁鸠鲁想像自己这样的智者那种有节制的快乐,正是对超自然主义的反应。它们留下了巨大的虚空。不久,超自然主义——我们将在但丁身上看到——实际上就冲将出来,用新的希望和幻想,或至少(反正比没有好)用恐惧与狂热来刺激生命的冲动。柏拉图的神话与教义已经说明,这种倾向已经出现。对于伊壁鸠鲁来说,重要的是扫除一切可能追求死亡的思想。他有关灵魂的本性是物质的以及肉体死后灵魂不会存在的论争,都是为了这个目的。

说灵魂是物质的,这在现代人听来奇怪而又野蛮。笛卡尔生活在我们之前,他教导全世界说,灵魂的本质是意识,把意识称为物质的就是把黑说成白。但是古代人对灵魂一词的用法有相当不同的意义。在古代人看来,灵魂的本质还没有达到意识这一步,足以主宰肉体的形成,足以温暖、移动和指导它。如果我们仅从这一角度考察灵魂,那么说灵魂一定是物质的就不是谬论,而是不言而喻之理。因为,我们怎么能够设想,先验的意识会主宰肉体的形成,温暖、移动和指导它呢?能够做出这一奇迹的精神无论如何不是人的,而是神的。既然如此,那么,卢克莱修称为物质性的灵魂不应等同于意识,而是等同于意识的根源,它同时又是肉体中生命的原因。他把灵魂看作微小易动的原子的集群,一种以太,存于一切有生命的种子之中,活着时大量吸入,死亡时呼出。

然而,即使承认这一理论,也不能证明卢克莱修的中心论点,亦即,来世是不可能有的。灵魂的原子像所有原子一样是不可毁灭的。如果意识附在许多原子小群或者仅仅一个(如莱布尼茨后来说的)之上,那么,这些原子逃出肉体之后,意识将会继续存在,并且飞过新的空间场所。的确,它们更多是被历险所引诱,正如蜜蜂会发现天空或花园要比蜂巢更加令人激动一样。卢克莱修关于灵魂的可分性,它在肉体中消融分布的场所,以及它会在外部遇到的危险的所有论争,都未能排除令他烦恼的不吉祥的可能性。

为了使我们相信我们死后必将腐烂,他还得依赖于世俗经验和内在可能:变化的东西并非不可毁灭;事情开始,总有终结;精神的成长、健康、稳健,是与肉体的好运一起形成一个整体(灵魂原子的那些情况无法证明);激情与肉体生命以及人间事情有关;在不同的面具下或在新的环境中,我们就不是我们自己了;如果我们有过存在,那么我们不再记得过去这一存在,因此,在未来的存在中,我们将不记得现在这一存在。这些思想给人留下深刻印象,卢克莱修一贯具有的生动与现实风格又使它们得到加强。这样一篇宣言在科学上没有证明任何东西,然而它是好的哲学、好的诗歌。它把众多体验合在一起,做出了一个傲慢的判决。艺术家用眼睛看着模特儿,他面向生活描绘死亡。

即使这些想法成功地排除了对来世的恐惧,那么许多人对消亡的观念感到的苦恼仍然存在。如果我们像哈姆雷特那样,认为死后还会有梦,所以不再怕死,那么我们在本能上仍然怕死,就像被杀的猪。针对对死亡的这种本能的恐惧,卢克莱修做了许多勇敢的争论。他对我们说:傻瓜,你为什么害怕永远不会碰到的东西?如果你还活着,那么死亡还未到来;如果你死了,你就已经到了你无法知道你已经死了的地步,到了不会对此感到遗憾的地步。你的自在程度和你出生之前一样。难道让你苦恼的是人世间对于变冷的幼稚恐惧,是这种精神重负令你窒息?但是你将不在那儿,你的灵魂的原子——它们本身是无意识的——将在遥远的阳光里舞蹈,而你自己根本不在,你将绝对地不存在。根据定义,死就是经验之外的一种状态。如果你怕死,你就是怕一个词。

对于这点,也许明米佑或其他某位倔强的读者会反驳说,他不是畏惧形而上的死亡状态,而是畏惧死时的真正痛苦。死去是某种可怕的事,正如出生是某种荒诞的事。即使退出或进入这个世界没有痛苦相伴随,我们也会像但丁笔下的法朗赛斯加那样评价它:"我对这条道路感到战栗。"卢克莱修本人并不企图按照事物应该有的样子来说明一切事物。如果我们进入生命的途径是卑微的,那么离去的途径也是可怜的。这不是他或他的哲学的缺点。如果对死亡的害怕仅是对死时的害怕,那么用医药对付比用辩论对付更好一些。或许可能有一种安乐死的艺术,无痛苦、自愿的和及时的安乐死的艺术——就像阿提卡墓碑描述的那些崇高的死亡——特别是如果允许我们,正如卢克莱修允许我们的那样,选择我们自己的临终时刻的话。

但是我冒昧地认为,对死亡的巨大恐惧是某种非常不同的东西。它是对生命的热爱。伊壁鸠鲁害怕生活,在这里他似乎没有看见他正在与之作战的原生的巨大力量。如果他发觉了这一力量,他就会被迫以一种更彻底的方式去迎战它,比如说将它完全包围,施行背后的突然袭击。对生命的热爱不是某种理性的或建立于生活体验上的东西。它是某种先天的和自发的东西。正是女神维纳斯用植物群和动物群覆盖了地球。它教会一切动物寻找食物与配偶,保护自己的后代。大多数动物都抗拒或躲避死亡的威胁,正如它们抗拒或躲避对自己身体的伤害一样。正是由于有了这种原生的冲动,善才有别于恶,希望才有别于恐惧。

因此,罗列种种论点,要求抛开对死亡的恐惧,这是毫无用处的。对死亡的恐惧不过是生命的活力或自我保存倾向的另一名称。论点涉及前提。在上述情况中,这些前提表达的是某种特殊形式的对生命的热爱。不能由此得出结论,说死亡绝非罪行,并不可怕。因为最可怕的不是死时的痛苦,也不是我们不复存在之时我们还为这一不存在而受难这种不可能有的奇怪事情。可怕的是指导生活及其各种任务的现有意志的衰退。这样一种现有意志不可能被争论消灭掉,但它可能会被它内部出现的矛盾、被人生经历的讽刺意味,或被苦行的戒律所削弱。推行苦行戒律,显现人生经历的讽刺意味,或揭示这个意志的自我矛盾,都是减少对生命的热爱的真正手段。如果对生命的热爱被消灭掉了,那么对死亡的恐惧就像从这个火焰中升起的烟一样,也将消失不见。

的确,在卢克莱修著作第三卷的末尾,攻击对死亡的恐惧的大段文字的力量,主要来自它对生命的疯狂所做的描绘。他的哲学对贪婪、野心、爱情和宗教提出抗议。根据生活中一切激烈的事物归根到底都是痛苦的这一立场,生活中一切激烈的事物都被放弃了。而这种放弃,就是向放弃生命本身迈出了一大步。完全逃避生活,这是一种伟大的昭示。因为天才一定是对某种事物持激烈态度的,所以卢克莱修把他的热情倾注给了伊壁鸠鲁,伊壁鸠鲁带来了这一伟大昭示,成了人类救星。然而这仅是拯救的开始,这一原则更进一步,就是要把我们从伊壁鸠鲁式的生活和它所保留的古希腊的和自然主义的东西——科学、友谊以及肉体的健康愉快中解脱出来。如果伊壁鸠鲁主义也摒弃这些事物,那么它就完全成了苦行僧主义的,一种禁欲的理论体系,或者对死亡的追求。对于那些真诚追求死亡的人来说,死不是恶,而是最高的善。在这种情况下,无须精心证明不应怕死,因为死什么也不是。因为,尽管死什么也不是——或不如说正是因为死什么也不是——所以死可以为疲乏而幻灭的人所爱恋,正如尽管它什么也不是——或不如说正是因为它什么也不是——所以它必然被每个朝气蓬勃的动物所憎恨和恐惧一样。

还有一点,是我已经讨论过的论题。古代文化是修辞性的。它充满了各种言词似乎可信、符合公开演讲要求的观念。但是,如果我们仔细分析它们,就可以立即证明它的无可辩驳的虚假性。人们不能为他们无法证明的东西而活着这一箴言,便是这些修辞谬论之一。在争论中我们会说,你出生之前发生的事或你死后还有的事,跟你有什么关系呢?提出这样质问的演说者可能会说服听众,并以牺牲人的真诚这一代价博得一笑。然而,鼓掌的这些人还是为他们的先人感到骄傲,关心着他们的孩子的未来,对于在法律上确保他们最后的愿望和遗嘱有效非常感兴趣。他们深切关心着他们死后将有什么继续,不是因为他们期望从地狱或天堂看到这一事件,而是因为他们在观念上对将有什么事件发生感兴趣,虽然他们永远无法看到它了。卢克莱修本人在死亡前很长一段时间里,一直与自然产生共鸣,对人类启蒙充满热情,为伊菲革涅亚而潸然泪下。他不被想要观察使他感情激动的事物的愿望,以及观察过的使他感情激动的事物的回忆所打动。他忘掉了自己。他看见了以真实的运动和均衡的方式展开的宇宙;他看见了从迷信的梦魇、从激情的浩劫中解脱出来的人类。这番景象点燃了他的热情,强化了他的想像,并把他的诗歌升华成了严肃而又重大的作品。

因此,如果我们追随卢克莱修,把我们个人的命运缩小成为对世界的简短局部的一瞥,那么我们一定不要以为我们需要大大缩小我们道德利益的范围。相反,我们越是轻蔑迷信的恐惧与感伤的希望,那么,我们也就越会加强这样一种直接的原始的关注,即我们对世界上我们之间、我们之后,或者我们眼界之外的事物的关注。如果我们像卢克莱修和一切哲学诗人一样,纵览一切时代和一切存在,那么我们将像他们一样,忘记我们的自我个人。如果某些事物是由于我们关心才存在或出现,那么我们甚至希望它们也被遗忘。斯宾诺莎说,真正爱神的人,不能希望神也反过来爱他。生与宇宙同命的人不能过多地关心他自己。最后,宇宙的生命不过是我们自己生命的所在和延伸。一度产生生命的原子仍然适于再产生它。虽然后来被原子赋予生命的肉体是新的肉体,会有一个有些不同的生命过程,但是,按照卢克莱修的见解,它不会是全新的物种,它与我们的相异程度不会比我们与他人的相异程度更高,或比我们每个人自身在不同阶段的相异程度更高。

那么,按照卢克莱修的见解,以自然元素的形式存在的自然灵魂实际上是不朽的。只有人类个体,即这些元素的偶然组合,才是昙花一现的。因此,如果一个人会关心他人那里发生的事情,关心自己年轻时所遇到或年老时可能承担的事情,那么,根据同一想像的原则,他就会关心世界上今后可能发生的一切事情。他个人生命的有限和屈辱将被抛弃,自私的幻想将会消失。他会对自己说,我有想像力,没有一件真实的事物与我无关。

"自然"一词有多种意义。但是如果我们取其语源学意义上的也是最具哲学意义的那种,自然就意味着诞生或发生的原则、宇宙之母、伟大造物或者造物体系,带给万象光明。如果我们在这个意义上使用"自然"一词,那么可以说,卢克莱修比其他任何人都更是一位自然的诗人。当然,作为一位古人,他并不特别是风景的诗人。他走得比这更远,他是一位风景之源的诗人,一位物质的诗人。风景诗人会试图使用精心选择的词汇,暗示自然在我们心中唤起的光明、运动和形式的知觉。但是这样做时,他会遇到莱辛早已指出,并警告诗人会遇到的那种不可克服的困难:我是指语言不适于描绘空间的和物质的东西,它只适于描绘像语言本身那样无形的和流动的东西——行动、感觉和思想。

因此,值得注意的是,对纯粹的感觉着迷并企图写有关它的诗的诗人不叫印象主义者,而叫象征主义者。因为他们在试图描绘某种绝对感觉的时候,他们实际上是在描绘感觉所至的有关领域,或者描绘他们在幻想中所激发出并活动着的关乎此种感觉的种种情感或模糊的思绪。他们变成了——也许与他们的意志相反——心理的诗人、精神之钟的敲击者、意识的偶然弦外之音的听众。因此我们把他们称为象征主义者,也许在这个术语中添加了某种贬抑的色彩,仿佛他们都是那种空洞的、虚浮的、过于精细的象征主义者。因为他们纵情玩弄事物,使事物成为他们思想的象征,而不是明智地改进他们的思想,把他们的思想描绘成事物的象征。

一位诗人也可能是另一种意义上的象征主义者——如果他打碎自然这一风景提供给思想的对象,把它还原成为思想的要素,不是为了慢慢地把这些感觉联系在一起,而是为了利用这些要素在幻想中建造一个不同的自然、一个比这些要素显示给理智的那一世界更好的世界的话。为此目的而选择、强调和重新组合的风景要素,就成了它们所暗示的理想世界的象征,就成了这一理想世界的天堂中可能有的理想生活的象征。雪莱就是这种意义上的象征主义风景诗人。正如弗朗西斯·汤普森[1]曾经说过的那样,对于雪莱来说,自然不过是个玩具商店。他的幻想采用了风景的材料,把它们编织成了一个虚无飘渺的世界,

---

[1] 弗朗西斯·汤普森(1859—1907):英国诗人,代表作有《天国的猎犬》。——译注

一个供新生的无忧无虑的心灵居住的光明仙境。雪莱是位风景音乐大师。他觉察了自然难以辨认的暗示；他把他所看到的事物变形成为他所乐于看到的事物。在这种理想化的过程中，正是精神指导了他和他的狂放精妙想像力的天赋。有时他设想人间更宏大的风景也是某种半精神的压力的产物，某种无休止地做梦的力量的产物。在这个意义上，对他来说，人间风景似乎是人间精神的象征。正如他诗中那星光灿烂、晶莹透明的风景，以及它们的沉思默想的花朵，都是表达了他自己的狂放精神的象征，都是寄托了他自己的激情的意象一样。

另一种风景诗可以在华兹华斯那里找到，他也许可以配得上自然诗人这一头衔。对他来说，风景是种感召力量。他描绘的东西，除了语言能够达到的绘画能力以外，还有景致带给他的精神激励。这种精神激励完全不是来自各处风景在某个方面及在某个时刻所宣示的自然的真正过程。取自自然的真正过程的应该说是卢克莱修的方法。他把想像力从风景转向风景之源；他宣示物质的而非精神的诗歌。华兹华斯相反，他专注于偶发的人间事物。他不是有关创世、进化，以及到处展示自身的自然力量的诗人。仅有部分宇宙过程激起他的兴趣，或者说触及他的灵魂——风景感召力量强化或磨炼人的意志。这些感召力量非常真实。因为,正如食物或美酒使动物的心脏不断跳动或使其加速那样,包容蓝天、山脉、巨岩和河流的这种巨大空间开阔了人的心胸,驱散了困扰着人的日常生活的思虑。即使他没有华兹华斯那么好沉思、有德行,也能使他暂时成为所有事物的友人,成为他自己的友人。

然而这些感召力量是含糊的,多半是短暂的。如果华兹华斯没有找到把风景与思想情操结合起来的更深联系的话,他就很难如此清晰、如此经常地感觉它们。这样的联系是存在着的。风景是人的生活的场景。每个地点、每个时节,都与这个环境里落在人们头上的那种存在方式有着联系。在华兹华斯的时代和他的国度里,风景很少是没有人物的。至少,人的某种可见踪迹指导着这位诗人,为他的精神反思定下了基调。对于华兹华斯来说,乡村生活的可贵程度并不亚于风景,它构成每幅图画的组成部分。而卢克莱修构想到的事物的进展,没有呈现在华兹华斯的想像的面前,始终在他心中的是社会革命,如法国大革命。就华兹华斯是人生诗人而论,他真是自然诗人。然而,就其是风景诗人而论,他仍然基本上是人生诗人,或仅是他的个人体验的诗人。当他谈及自然时,他通常是论述道德问题,而且总的来说易作感情谬见;但他谈及人时,或谈及自己时,他展示了自然的一个部分,即人的正直的感情,并且研究它的本性。

卢克莱修是位喜欢自然的诗人,他研究一切事物的本性。虽然他对精神生活的感觉远比华兹华斯狭窄冷漠得多,但他对精神生活的理解和歌颂则更好一些,他把它放在自然的背景中加以考察。唯心主义者歪曲了唯心主义,因为他们没有把它看作是世界的一部分,这是错的。唯心主义是世界的一部分,是它的一个小小的附带部分。它甚至是人生的一个小小的附带部分。这一事实与下述唯心主义并不矛盾,即以人们熟悉的最佳形象出现的,被视为精神能量、视为理想化的能力、视为生活方式的这种唯心主义。但它却是被视为世界的中坚普遍力量的那种唯心主义的毁灭。由于这个原因,在自然背景中考察人类生活和人类唯心主义的卢克莱修,比起更为精致的华兹华斯来说,观点更为明智成熟。对于拉丁诗人来说,自然的确就是自然。他热爱和害怕她,正如她值得被她的创造物所爱所怕一样。无论它是一阵狂风、一股激流、一只咩咩叫的羔羊,是爱的魔力、自我实现的天才,还是一场战争、一场瘟疫,卢克莱修都是从本源、从总体过程看待这一切事物。一种浩瀚造物的精神、一种变化的铁律贯穿一切,使一切事物在终极元素和最后归宿上都有亲缘关系。这确是自然的格调,广大而永恒。这就是物质生命的真正回响。

任何对自然与命运的包罗万象的描述——如果这种描述是可信的——都必将唤起情感,并在一个沉思和生动的头脑中激发诗歌。因为诗歌不就是情感吗?它不是记下了诞生它的客体并给它着色吗?卢克莱修崇高的诗详述了最少诗意的哲学,无疑证明了这一点。然而,卢克莱修远未穷尽诗人能从唯物主义那里汲取的灵感。即使是在病态地坚持唯物主义的伊壁鸠鲁哲学中,也有卢克莱修没有采纳的两种情调,这两种情调在诗歌中本来应该是相当丰富的,即虔诚的情调和友善的情调。说伊壁鸠鲁主义者们是无神论者,这种看法很普遍,在一定意义上说也是对的。因为他们否认天意和上帝对世界的任何主宰。然而他们承认神的存在,认为众神生活在构成不同世界的那些天体旋涡之间的宁静空间里。他们把人的形式和伊壁鸠鲁追求的平静生活归于这些神。伊壁鸠鲁自己对这种信仰如此真诚,如此为其所动,以至于他经常造访神庙,遵守神的节日,经常在他们的塑像前长时间地沉思和祈祷。

在这件事情上,如同在许多其他事情上一样,伊壁鸠鲁把希腊精神的理性和改良本质贯彻到了它逻辑上的终结。在希腊宗教中,如同在所有其他宗教中一样,有着一种普通迷信的背景。图腾崇拜的残存和复兴,禁忌、巫术、仪式活动,对象化的修辞学,都可在它这一端找到。然而,如果就希腊宗教来考察它的特有倾向,以及使其最为希腊化的东西,那么我们可以看出,这就是它前所未有的理想性、无私性和唯美主义。对于希腊人来说,就其是个希腊人这一点来说,宗教就是借助祈求神的降临、排演神的故事、移情地感受神至高无上的光辉、把神用美的和类人雕像的形式不断置于自己眼前的种种手段,把自己像神那样去培养的一种雄心壮志。在典型的希腊人的头脑中,移情地感受神的一切的这种兴趣,代替了任何对人的不朽的强烈渴望,或者使这样一种渴望显得是多余和不当的。死亡属于人,正如永生属于诸神,这一个是另一个的补充。设想有这样一位诗人,他在荷马的自由简朴之上,还要加上后世更虔诚的理想主义。诸神过着人的生活,而又没有人的卑下的对立和局限,永远年轻、真诚、与众不同。在这种诸神的观念里,这位诗人怎么会找不到诗的无尽蕴藏呢!

这种诗的痕迹,可以在柏拉图那里找到。他的神话生动地表现了有关人类生活的唯心论启示。有时他听任这些启示流于笼统和抽象,把它们称为理念。但是其他时候他把它们具象化为诸神,或者具体化为虚构的组织,譬如他的《理想国》中的那些组织。这种柏拉图式的思想方法,能够由比柏拉图已经达到或企图达到的更真诚更进步的诗人再向前推进一步，岁月把他的酒变成了醋。但是这时整个世界都是酸的了。想像力的洪流减退了，从希腊河道转入了希伯来的河道。然而，现代诗人对古代众神唱出的赞歌，以及我们文学中古代神话不可抑制的回响都说明，如果后来的古代人自己愿意，那么他们是多么容易把自己垂死的迷信改造成为不朽的诗歌。对伊壁鸠鲁的否定并不排除这种对宗教的理想的运用；相反，排除它的其他运用——商业的、伪科学的，以及自私的——它们就只剩下了宗教的道德阐述方面还有效力，可供诗人随时运用，如果这位诗人是纯洁和富于想像力的、足以抓住并再现它的话。合理化的异教会有它的但丁，一位不仅是维吉尔和阿奎那的学生，而且是荷马和柏拉图的学生的但丁。对于这样一个微妙的任务来说，卢克莱修是太刻板、太实证、太执著了。他是个罗马人。道德神话和虔敬理想虽然在他的哲学中占有一定地位，但是并未成为他的诗歌的组成部分。

我们可以在另一位伊壁鸠鲁主义者、诗人贺拉斯的旋律中，看到另一个被忽略的主题亦即友谊得到了补充。在一切古代国度里，友谊都受到高度推崇。伊壁鸠鲁哲学排除了如此众多的传统情操，只能强化对友谊的注重。它教导人们说，他们是宇宙中的偶然事物、同舟共济的同志、命运相同的伙伴,只能相互救助。在我已引用过的一段话里[1],卢克莱修确实说到希望甜蜜友谊能支持他的劳动;在另一处[2],他重复了伊壁鸠鲁式的关于在溪边草地共进野餐的牧歌;而小词"共"(together)就是他为我们标明这种田园之乐的主要成分的东西。

贺拉斯通常要比卢克莱修文弱得多,他在这个方面比较认真。他不仅更经常地说到友谊,而且他的整个思想气质都发出友谊的气味,并且希望得到响应。在他优美机智的诗行中,有种与少数意气相投者共同品尝人间酸甜苦辣时推心置腹相互信任的快乐。简明扼要、温和反讽,就是相互承认对方智力;相互承认对方智力,就是信任友谊。另一方面,在卢克莱修这里,热情比同情更多,嘲讽比幽默更多。也许,要他不时松弛下来,细致地向我们说明生活的快乐即无忧无虑,这对他的不懈热情来说,要求得太过分了。然而,如果他非得总是严肃认真不可,那么他至少会注意到友谊的感伤。——因为,在自然使得人心孤立、

---

[1] 参见本书边码第25页。
[2] 《物性论》,第62页:
却还能去和朋友共在柔软草地上逍遥,
在流水之边,在大树的绿荫底下,
开怀行乐养息身体,而所费不多。
特别是如果适逢风和日暖,
季节恰好又在草地上到处点缀了香花。

第一章 卢克莱修

肉体死亡之处,友谊之情在感伤中更加浓烈。我们再次在贺拉斯这里发现这一点,有一两次他的心中也冒出了"辛酸之事",酒足饭饱之后他模糊地感到一种需要,开始反常地渴望着不可能的事情。[1] 伊壁鸠鲁主义者们,当他们无法像他们的导师那样,学会成为圣人的时候,真可怜哪!

这样说来,伊壁鸠鲁颓废的唯物主义也产生了一位诗人。但是,我们时代的唯物主义者不难找到许多其他诗歌主题纳入他的体系。在卢克莱修所勾画的原始文明的图画中,我们或许可以加上整个人类历史。对于始终如一、朝气蓬勃的唯物主义来说,一切个人的和民族的戏剧,以及一切艺术的美,都并不比鲜花或者动物躯体更少自然性和趣味性。从科学上加以考察,这个世界的道德剧,是为加强和提炼避世哲学而巧妙设计的,物质事物的消长和尘世激情的假象向伊壁鸠鲁提示了这种哲学。卢克莱修研究迷信,但只是作为它的敌人去研究——自然主义诗人应是不存在的事物的敌人。他的敌视态度使他对对象的某一面视而不见,即它更为美丽的那一面。这使我们对他所认识的丑恶的那一面的看法产生怀疑。总的来看,被人类

---

[1] 贺拉斯,《颂歌集》第4章第1节:
也不指望彼此怀有感情……
但是为什么,利古里努斯,为什么
我的脸上会不时流下眼泪?

想像力的一切其他产物包围着的迷信,不仅本身楚楚动人,成为悲剧与喜剧的首要主题,而且它还强化了唯物主义的思想方法,并且说明它可以延伸到最复杂最富有感情的存在的领域。同时,无偏见地延伸进入道德领域的自然主义确实带来了宽容、怀疑主义与独立这些教训,这些与伊壁鸠鲁学说的原则并不冲突,而是大大扩展和改造了伊壁鸠鲁学说的情操。历史已向伊壁鸠鲁主义诗人展开了新的自然的天地,以及更为复杂多变的罪行的景观。他的想像将大大丰富,他的原则将更加坚定。

卢克莱修的与原子和虚空有关、与拒绝宗教和回避热烈行动有关的感情,是与生活有着必要联系的感情。它们在任何情况下都存在,虽然并不一定与这位诗人用以试图阐明它们的学说有着必然联系。它们将仍然有效,无论我们用何种机械论来代替他所信仰的那种——只要我们是严肃的,并不企图逃避事实,而是试图解释它们。如果体现在一种哲学中的观念代表着对事实的全面考察和对待事实的成熟的情操,那么,取而代之的任何新观念都必须具有同样的价值,除去思维的语言与修辞之外,道德上不能有任何改变。

当然,必有一种关于世界的理论是真的,其余的都是假的,至少如果有种理论的范畴适用于真实的话。但是真的理论像假的一样,属于想像,诗人所领会到的它的真理是它对生活的真理。如果原子并不存在,至少会有自然的特性或进化的规律、发展的辩证法、上天之命、意外的侵扰这些东西存在。我们必须对这些同样外部的和毫无根据的力量顶礼膜拜,正如卢克莱修对他的原子顶礼膜拜一样。认识到某种事物是外在的,某种事物发生并且包围着我们,这永远是非常重要和无法避免的。在这方面,唯物主义与其他理论体系的唯一区别在于,唯物主义更加审慎地研究了我们的随机状态的细节和方式。

同样,即使卢克莱修错了,灵魂真是不朽的,那它也在不断变化它的兴趣和它的所有之物。就算我们的灵魂是不朽的,我们的生命却会消逝。使卢克莱修与死和解的情操,在我们被迫面对多种死亡时,与我们被迫面对一种死亡时相比,都是同样多地被需要。对于我们一直保有并正在保有的这种存在状态逐渐消逝这件事情,爱默生这样说:

> 这一消逝是真正的死去。
> 这是高傲的人的躺倒;
> 这是他缓慢但又真实的向后仰去。
> 星星点点,他的世界正在逝去。

卢克莱修的箴言,亦即没有彼物之死就不会有此物之生的箴言,还在我们的漫漫永生中迎接我们。他的关于接受并享受我们存在环境所赋予我们的一切的艺术,也将使我们长期受益。信仰的诗人但丁将告诉我们,我们必须从给予我们的有限份额的意志中找到我们的安宁。浪漫体验的诗人歌德将告诉我们,我们必须抛弃,不断抛弃。这样,智慧把同一道德真理以多种宇宙寓言的形式加以表达。哲学家们的信条的不一致之处源于他们咬文嚼字,过于武断——其实都不过是对未知事物的猜测而已。但是,它们的一致或相辅相成之处在于,它们都是象征的或富于表现力的思想,是由诗人内心体验中榨取出来的思想。既然如此,那么,所有的哲学都一样,都是认识和记录意象的同一流变、善恶的同一交替的方式。只要人还是人,意象的流变、善恶的交替就将永远存在,代代相承。

第二章
但　丁

但是我的欲望和意志,
像车轮运转匀一,
这都由于那爱的调节;
是爱呀,
动太阳而移群星。

——《神曲》

在柏拉图的《斐多篇》中，偶有一段历史学家最感兴趣的话。它预见并精确解释了从古代到中世纪、从自然主义到超自然主义、从卢克莱修到但丁的整个转变。苏格拉底在狱中最后一次对他的门徒演讲，总的题目是论不朽，但在争论中间，苏格拉底说道："我年轻时，听到有人说，他从安纳克萨哥拉一本著作中读到，理性是万物的安排者和根由。我很喜欢这个观点，它看起来相当不错。于是我对自己说，'如果理性是安排者，那么理性将把万物安排得最好，把每个细节都放在最佳位置上'，并且我还坚持认为，如果有人想要找到任何事物产生、毁灭或存在的根由，那么他就必然发现……那件事物的最佳之处……我高兴地想到，在安纳克萨哥拉的著作中，我找到了一位导师，告诉我存在的根由。这正是我想知道的，我想像到他会首先告诉我地球究竟是平的还是圆的。无论何者是真实的，他都会进一步……说明至善的性质，说明什么是至善。如果他说地球是（宇宙的）中心，那么他将进一步解释只有这个位置才至善的，我将对所给的解释感到满意，不要其他的解释了。……因为我不能想像，当他说理性是事物的安排者时,如果他不是说这是至善,那么他对事物的存在还能有何说法……这是一些希望,多少钱我都不卖。我抓住书,尽快地读下去,急于想知道好的与坏的各是什么。

"我的期望多么大啊,我的失望又是多么大啊!我读下去,发现我的这位哲学家抛弃了理性及其他秩序原则,转而求助于空气、以太、水和其他离奇古怪的东西……于是有人设想有一个包罗万象的旋涡,大地对于天空来说相对稳定;有人设想空气是大地的支持之物,空气像个大槽。他们的头脑中,从未想到有种力量,在安排事物时可以按照至善的目标来安排它们;他们没有找到任何超越的力量,而是指望发现一位比善更有力、更持久、更有容量的世界之神;对于善的约束力和包容力,他们想都没有想到。然而如果有人教我,这才是我会欣然就学的原则。"[1]

现在我们有了一种新哲学的纲领。事物应该从它们的用途或目的,而不是从其成分或前提方面来理解。苏格拉底本可逃去埃维厄岛,他却坐在狱中不走。同样,这一事实只能从他对善、对自己和国家负责的观念的忠诚,而不能从他肌肉骨骼的组成方面来理解。对自然秩序做出解释的依据,应该类似我们为自己的行为找到的动机,应

---

[1] 参看《柏拉图五大对话集》,郭斌龢、景昌极译,国立编译馆,1934年,第142—144页。——译注

该类似公众集体做出决定的理由。世界是理性的产物。它应该像我们解释一个人的行为那样,由其动因加以解释。我们不应该用诸如古代诗人创造的充满幻想的神话来推测这些动因,而应该用对我们自己生活中善恶行为的谨慎研究来推测这些动因。例如,按照柏拉图的看法,最高的工作是哲学研究。但是,如果人必须不断进食,像吃草的动物那样老把鼻子贴在地上,他就无法进行哲学研究。现在,为了不必老是吃东西,就得用长长的肠子;因此,长肠子的目的就是为了哲学研究。还有,眼睛、鼻子、嘴巴都在头的前面,因为(柏拉图说)前面是较高贵的一面——好像即使后面有眼睛、鼻子、嘴巴长着,它也不是较高贵的一面,不像前面似的!这种方法正是莫里哀在《没病找病》中所嘲笑的,歌队唱道:鸦片使人入睡,因为它有一种催人入睡的功能,这一功能的特点就是使人产生睡意。

所有这一切都是够荒唐的物理学。但是柏拉图知道——虽然他有时会忘记——他的物理学是开玩笑的。现在对我们来说重要的是记住,在这种幼稚的或隐喻的物理学中,有种严肃的寓意。无论如何,鸦片的用途在于它是一种麻醉剂。无论什么原因,从物理学角度说,它是一种麻醉剂。身体的用途是思想,无论身体的本源可能是什么。说这些用途是具有这些用途的器官的"目的",这似乎抬高了这些用途并为这些用途做了辩护。对于个别器官或物质来说是真实的东西,对于自然的整个构造来说也是真实的。它的用途就是服务于善——使得生命、幸福与美德成为可能。因此,柏拉图用寓言说出了他的全部学说:发现行为的正确原则,你就发现了宇宙的统治力量。当你在狂热的追求中想起了至善的本质,你就理解了天体为什么旋转,大地为什么多产,人类为什么受难和存在。论点必须服从于论证,政治艺术必须服从于抱负。

这一革命平息下来花了好几百年。柏拉图有预言的天赋,他从他自己时代的人类(他是个古希腊人)纵观到下一文明时代的人类。在但丁这里,这个革命不仅在智力上完成了(很久以前它在智力上已在新柏拉图主义者和教会长老那里完成了),而且在道德上和诗学上完成了。因为所有的思维习惯和所有的公共生活法令都被它同化了。是重新解释一切事物的时候了,抹去世界上自然的分界线,用精神的分界线来代替它们。自然是理想的目标与呆滞的物质的复合物。生活是原罪与赦免的冲突。环境是一群天使与一伙恶魔交战的战场。如同苏格拉底所希望的那样,善恶实际上变成了理解的唯一原则。

人类思想变成苏格拉底式的之后,就把全部精力都献给了规定善恶等级和最终本质的工作。这个任务由但丁得出了最后结论。人们如此认真、如此专注地思考道德问题，以至于他们几乎把它们看成是有形的了，如同柏拉图看待他的理念那样。他们把自己道德哲学的术语具体化为现存的客体与力量。最高的善——在柏拉图那里还主要是一种政治理想，亦即政策和艺术的目的——变成了世界的创造者上帝。善的不同级别或成分变成了具有神性的人，或天使般的智者、想像中的恶魔，或化身为更低级的动物。恶等同于物质。不同等级的不完善被归结于不同肉体的粗鄙，它们压迫抑制了激励它们的神性火花。然而，这个火花也许会释放出来，那时它会再次飞向它的母火，于是一个灵魂得救了。

这一哲学不是对自然或进化的认真描述，但它是对它们的认真评价。善、更善和至善已经区别开来，象征这不同等级美好事物的力量的神秘集群首先为人们所讨论，然后为人们所信仰。其他人发明了神话，神话一直作为历史流传。到柏拉图时，神话已经存在很久，它作为启示流传着。以这种方式，道德价值被人们看作是在自然中起作用的力量。但是如果它们在自然中起作用，而自然又是一种恶的内容与善的形式的复合物，那么它们就肯定存在于自然外部。因为美的理念是在远处召唤我们，它是我们所渴求的,而并非等同于我们。因此,在自然中起作用的这些力量是超自然的力天使(Virtues)、主天使(Dominations)和能天使(Powers)。每个自然物都有属于它的超自然的统治力量,一个守护天使或一个占有它的恶魔。这个超自然的事物——被认为是一种力量和存在的某种精神的或理念的事物——就在我们周围。世界上的每件事物都对世界之外的某种事物有着影响。生活中的每件事物都是迈向生活之外某种事物的一步。

基督教与这一思想体系一拍即合。借助于给象征的宇宙论加上超自然的历史,它丰富了这一思想体系。柏拉图主义者构想了这样一个宇宙:在这一糟糕但又至关重要的地球周围,以同心圆的方式排列着高低各种生命。基督徒增加了一个戏剧故事,即整个人类或个别灵魂相继经历高低各个阶段,这个戏剧故事与地球这个舞台配合得天衣无缝。已经有过堕落,可能会有拯救。从某种意义上说,甚至这种从善下降,再向它升起的概念,也是柏拉图式的。按照柏拉图主义者的观点,善像光一样,永远散发着它的重要影响,并且接受(虽然是无意识的并且不增加自己的美德)反射来的光线,这种光线以爱和思想的形式从宇宙尽头复归于它。但是,按照柏拉图主义者的观点,这生命的放射和接收都是永远不断的。这一双重运动是永恒的。

世界的历史是单调不变的,或不如说世界没有意义深远的历史,有的只是一种类似泉水永远喷发那样的运动,或像水的循环那样,总是雨水从云中落下,水汽再行升起。这一堕落,或曰世界从神处的发散,在柏拉图主义者看来就是恶的起源。恶由有限性、物质性或神以外的其他形式构成。如果神以外的任何一物的确存在,它就肯定是不完善的。对于有限与存在来说,动摇与矛盾是根本性的。另一方面则是拯救,即生物意欲返回自己本源的回转之流。这是一个表现为不同形式的生命的追求,它永远坚定不移——这些形式像庙宇的阶梯,通向顶端难以言传的善。

在基督教的体系中,这一宇宙循环仅变为一个图形或象征,表达着真正的创世、真正的堕落和真正的拯救。这三件事其实是只发生过一次的历史剧中的情节。物质世界只不过是一个场地、一套布景,是特意设计出来服务于该剧的。这个戏剧就是人类历史,特别是以色列的和基督教的历史。这一历史中的个人和事件有种哲学意味。每件东西都在一个上天的计划中扮演某种角色。每件东西都在一定程度上和在某种特定水平上阐明创世、原罪和拯救。

犹太人从未对自己是物质的感到不舒服。他们甚至希望在彼岸世界中还是如此。他们的不朽是肉体的复活。

对于他们而言，说世界这一万物的最佳构成只不过是善的模糊、骚乱和无意的回声，这似乎不可信。相反，他们认为这个世界本质上就是如此之善，以至于他们确信，它一定是上帝特意造的，而不像柏拉图主义者认为的那样，是上帝美德的无意识流溢物创造的。当他们想到神是自然和他们自身的灵巧发明者时，他们对他的力量和机智所感到的惊讶达到了顶点。然而，这项工作似乎有些缺陷。的确，它的精神美德是潜在的而不是实际的；是可能有的一种暗示，而不是完成了的一件事实。这样，为了解释他们认为本质上是善的创造之物身上为何具有意想不到的缺点，他们在事物起源问题上倒退，回到他们现在日常有的一种经验，亦即麻烦来自坏的品行。

犹太人是命运的密切关注者，他们看着它的沉浮变迁。人的生活是他们日夜沉思的内容。人们不难看出轻浮、冷漠、欺诈和放荡不利于这个世界上的幸福。像其他饱受欺压的民族一样，古代犹太人对安宁和富足十分向往。他们如此欢天喜地，如此富有诗意地想像它们。他们对它们的拥有是多么少啊！他们憎恶那种破坏繁荣的恶行，不仅是出于个体的审慎，而且是出于他们团体的和宗教的热情。恶行不仅是愚蠢的，而且是邪恶的，它会带来可憎的衰亡。他们不断地把关于行为的训诫牢记在心，于是设计了一种理论，即所有受难甚至死亡，都是罪行的报应。最后，他们甚至把所有创造物的罪恶都归于第一个人偶然的原罪，归于他留给后人的遗毒。这样，所有除人类以外生物的受难和死亡就被一种会使印度教徒感到惊讶的冷漠忽略过去了。

按照希伯来人的观点，事物的缺陷源于它们运行中的偶然事故，而不是像柏拉图主义者的观点那样，认为它是源于事物与其来源和目的的本质分离。与此一致，拯救也将由某些特殊行动的美德带来，例如基督的现身和死去。正是这样，犹太人把拯救想像成他们民族的存在与光荣的复兴，这靠的是上帝选民的忍耐与信心。惊人的奇迹将出人意料地发生，以报答这些美德。

因此，他们关于堕落与拯救的概念是历史的。对于继承他们思想体系的想像力丰富的人来说，这是非常有用的。因为他们在《圣经》中记载的历史所描述的人物和奇迹，为想像力进行发挥、为艺术进行描绘提供了一个丰富的主题。从亚当开始的先祖、国王和先知、创世、伊甸乐园、洪水、逃出埃及、西奈的怒喝和法律、圣殿、放逐——所有这些以及充斥于《圣经》的更多的其他东西，是一笔丰富的财产，是教会中人所共知、永远流传的传统。但丁可以从中汲取，正如他同时从他所继承的同类古典传统中汲取一样。为了给予《圣经》中的所有这些人物和事件一种哲学尊严,他只有像教会神父所做过的那样,把它们纳入一套新柏拉图主义的宇宙观,或像他当时的学人正在做的那样,把它们纳入亚里士多德式的伦理学中。

经过这样的解释之后,《圣经》中的历史除去它对流亡中的以色列人或对意识到原罪的基督教徒来说具有重要性外,它对哲学家来说也获得了一种新的重要性。每段情节都成了某种道德状态或某种道德原则的象征。每位基督教传道士重复他的布道经文时,都是应邀在故事的字面意义上建立一种宗教解释的结构,从而将故事作为其他东西的基础加以领会和保留。[1] 在一个神创造的、用以说明他的光荣的世界上,事物和事件虽然是真实的,但也必然是象征的,因为它们后面有着意图和正当性。创世,洪水,基督的现身、受难和复活,带着火焰和语言天赋的圣灵的降临,都是历史事实。教会是上帝选民的后嗣,它是一个历史的和政治的组织,在这个世界上有着一种命运,所有子民都共享这一命运,也都为之而战。同时,对于个人来说,所有这些事实都是神秘的和神圣的。它们都是相同的道德恩典传递的途径,具体体现在上天各界的品级和地上

---

[1] "它基于历史事实和精神启示。"托马斯·阿奎那《神学大全》第 1 章第 102 问,结论。

凡间生活的种类中。这样,希伯来传统带给但丁的思想是对一部天意的历史、一项伟大的人间任务——代代相传——和一个伟大的希望的意识。古希腊传统则给了他自然的和精神的哲学。这些成就合为一体,就构成了基督教的神学。

虽然这一神学是但丁想像力的指导,也是他的一般主题,然而它并不是他的唯一兴趣。或不如说他在正统神学的构架中放入了他自己的理论和想像,并把所有这一切融为一个精神整体和一种诗的热情。个人与传统成分的融合完美无缺。他把政治和爱情投入了熔炉,它们被炼去了杂质,升华成为一种哲学的宗教。在他心中,神学变成了爱国主义的守护者,并且,从一种奇异的字面意义上说,它也是爱的天使。

但丁的政治理论是崇高的,很大程度上是独创的。它仅受害于它极端的理想主义,这种理想主义使它难于适用,并使它得到的研究少于它应得到的。

在现代意义上,一个人的祖国是某种过去出现的东西,某种不断变化其界限和观念的东西,某种不可永存的东西。它是地理历史偶然事件的产物。我们各个国家之间的区别是非理性的,它们之中任何一个的特殊性都同样是对的或不对的。今天,一个公正而有理性的人都一定会在他想像允许的范围内,共有他的国家的对手和敌人的爱国主义——一种和他自己一样的无法回避、哀婉动人的爱国主义。国籍是一种非理性的偶然,就像性别或肤色一样。一个人对其祖国的忠诚是有条件的,至少对于一个哲学家来说是这样。他的爱国主义必然从属于他对诸如正义与人道此类事物的理性的忠诚。

但丁的情况则大不相同。对他来说,对祖国的爱可以是绝对的,同时又可以是理性的、审慎的和道德的。他发现要求他忠诚的是一个十分理想的、符合天意的和普遍的政治实体。这个政治实体有两个头,像纹章上的鹰一样——教皇和皇帝。二者都有正当理由作为天下的统治者;二者都应该在罗马有其王位;二者都应为同一目标指导其政府,尽管手段不同、领域不同。教皇应该监视教会的信仰和纪律。他应在一切地点、一切时代证明下述事实,即人间生活仅是彼岸世界存在的预备期,也应是它的一种准备。另一方面,皇帝应在各地保卫和平与正义,把地方事务管理留给自由城市或诸侯。这两种权力是上帝通过特殊的奇迹或办法建立起来的。一种显然是天意的设计在他们身上得到了最高体现,并且贯穿一切历史。

背叛、抵制或毁灭这些神圣的权力,就是第一大罪。饱受苦难的社会中存在的各种弊病,就是这种罪恶的后果。教皇获得了人世间的权力,这与他本来的纯粹精神的职务是不相容的。此外,他已变成了法国国王的工具,而法国国王正在(任何国王都不应该如此)与皇帝进行战争,反叛帝国最高当局。的确,实际上教皇被看作是为了阿维尼翁而抛弃了罗马——这一行为是邪恶的圣礼,内在耻辱的外在标志。而皇帝也忘了他是罗马人的国王和罗马帝国皇帝,老是在他家乡德国的森林和小诸侯处流连忘返,好像整个世界并非他名正言顺的祖国,不是他关心的所在似的。

这里,但丁作为天主教徒和罗马人的那种较宽泛的理论上的爱国主义,变成了作为佛罗伦萨人的较狭隘的实际上的爱国主义。佛罗伦萨在教会和帝国的双层统治下,是否忠于它的责任、配得上它的殊荣呢？佛罗伦萨是罗马的殖民地。它是否保持了它罗马血统的纯洁,是否在其法律中保持了罗马式的简洁与朴素呢？唉,伊特鲁利亚的移民已经污染了它的血统。但丁认为,这一污染应对它的风俗的普遍腐化负责。使佛罗伦萨在世界史上英名长留的一切当时方才开始——它的工业、它的高雅、它的文学艺术。但是对于但丁来说,这一萌芽时期似乎是个颓废和道德毁灭的时代。他让他的先祖、十字军战士卡却基达称赞那狭小城墙仅能容纳后来居民五分之一人数的时代。"昔年住着朴实俭约的人民,生活是很安静的。"[1]妇女们使用着纺锤或者推着摇篮,对她们的孩子喃喃说着特洛伊(脱鲁耶)、费沙纳和罗马的英雄传说。一个女人离开她的镜子之后,脸上却没有脂粉,她也不系使人看了只重衣衫不重人品的腰带。生了女儿不会使良民父亲感到害怕,她的嫁妆不会过分,她的婚期不会过早。没有房屋空着而其主人已被放逐。也没有人因为说不出口的放荡而蒙受耻辱。[2]

还不只是这些。因为如果说奢侈是佛罗伦萨的大祸根,那么可以说内讧就是它的更大的祸根。帝国的城市佛罗伦萨不是帮助皇帝们恢复他们的普遍权力,而是反叛他们,与法国侵略者和篡位的教皇结成联盟。这样,它就破坏了自己和平与尊严唯一可能的基础。

在但丁为自己的贫困与放逐所感到的个人悲哀背后,还有神学方面的悲哀隐隐呈现。这些悲哀使他能够带着

---

[1] 但丁:《神曲》,第445页。(译文采用王维克的中文译本[人民文学出版社,1987年],页码为中文译本的页码,下同。——译注)
[2] 《神曲》,第445页:
那时还看不见银索和金环等饰物,也看不见绣着的裙和带,叫人看了只敬衣装不敬人品。生了女孩还不使她的父亲害怕,那婚期和妆奁都不超过法度。也看不见有空着的房间,煞达纳巴罗还没有到室内来教导奢华的布置。……她们真快乐!每个人都知道她们的葬地,每个人的床上也不见空着而往法兰西去。这一个守着摇篮,为安慰小儿起见,唱着催眠曲;另一个则抽着纺锤上的卷丝,在众妇女里面说着脱鲁耶、费沙纳和罗马的故事。

有预见性的不平之气倾吐他强烈痛苦的感情；这些悲哀使他为了理想的教皇与佛罗伦萨而如此强烈地憎恨现实的教皇与佛罗伦萨。他的政治热情和政治抱负，与一种崇高的政治理想融合为一体。这一融合使它们得到升华，使得对它们的表达上升为诗成为可能。

但丁弹奏的是一根铁弦，这使他的音乐具有一种悲剧的力量。他记录了僧侣、王公以及民族的腐化堕落。他为他们有负于上帝指派给他们的使命而申斥他们——但丁以一种《圣经》般的确定和简洁设想了这一使命。他悲叹这一罪恶的不幸后果，荒芜的行省、腐化的城市，英雄的遗体无人安葬，落入了阴沟。这些生动的细节描写又为但丁加之于其中的巨大意义所提高。他那永远注重于现在的明确的理想使他看清了事物的兴盛和衰败，更辛辣地逐一描绘了它们的经历，更持久、更广泛地描绘了它们的总体形象。但丁理解当代的意大利，就好比希伯来预言家理解他们时代的征兆那样。无论我们的判断力在这二者的大量幻想中找到什么不足之处，无可怀疑的是，它们的整体精神，它们做出判断的预言式的坚定，使它们有力地抓住了个别事实，使它们深刻地意识到即将来临的幸福与灾难。

实际上，但丁的政治哲学并不比希伯来预言家的政治哲学更多地忽略人类进步的伟大事业和伟大目标。在他神话的和狭隘的历史概念后面,有着一种对真正制约着我们幸福的道德原则的正确意识。一套好的知识需要他那种对政治善恶加以区别的洞察力。在他那个时代似乎只是梦境的东西——人类应是一个伟大的联合体——现在对于理想主义者、社会主义者和商人来说,是理所当然的。科学和贸易正在以一种诚然是非常不同的形式实现着这一理想。他的理论的另外一半,即天主教会的理论,由这个教会本身忠实地维持至今。在有关一个普遍高尚社会的这一理想中,外人能够看出一种要求思想摆脱法律的强制,或者要求思想忠于科学、忠于它们的共同精神遗产和命运的象征或者前兆。

另一方面,但丁的个人冤屈痛苦,像他个人恋爱的热情一样,给予他所想像的伟大目标以一种奇异的温暖与纯洁。我们缺乏使伟大事物同化于我们真切感觉到的细小事物的能力,因此时常不能多多感觉这些伟大事物。在这方面,但丁具有柏拉图式恋爱者的艺术:他能扩大他激情的目标,保持它的温暖和馨香持久不衰。他被不公正地放逐——佛罗伦萨的流亡移民,他喜欢这样称呼自己。这一不公正在他心中引起怨恨,但是没有恶化升级,因为他的义愤遍及一切冤屈,他声讨了佛罗伦萨、欧洲以及人类,由于它们的腐化堕落和背信弃义。但丁爱过。这一激情的记忆还存在,但是它没有沦为多愁善感,因为他的倾慕转向了更大、更普遍的目标。他的爱是"动太阳而移群星"的爱[1]的焕发。在这一启示中,他已得知了宇宙的秘密。于是,天堂、天使、科学都充满了甜蜜、安逸和光明。

这种柏拉图式的情感不断扩张,以至弥漫于一切值得触发它的事物之中,这在但丁的《新生》中得到了奇妙的表达。《新生》这本书表面上记述的是但丁九岁时与一位比他更小的女孩贝亚德相遇,十八岁时再次与她相遇,表现恋人那种不可抗拒的神秘的激情。他希望这种激情不为别人所知,以至于他假装盲目地爱上了另外一个人,随之而来的是疏远、贝亚德之死,于是诗人决定不再公开谈她,直到他能以比赞扬任何女人更好地赞扬她时,再来谈她。

这个故事是由情感和韵律两个方面都最精细美妙的诗篇组成的。它们是梦幻的、寓言的、充满音乐性的沉思。朦胧的内容颇多歧义,但是艺术结构绝对清晰完美,像一

---

[1] 《神曲》,第546页:
但是我的欲望和意志,
像车轮运转匀一,
这都由于那爱的调节;
是爱呀,
动太阳而移群星。

件雕花彩色玻璃的作品,图案严整,神秘而又温柔,音韵和意象非常清晰。在这些诗歌中,这种独特的朴素与学问和乐趣奇异地隐隐交织,如同诗画字谜一般。

学者们将永远为但丁这些自白的确切缘由和意义而争执不休。也许学者并非解决这一问题的最佳人选。这是一件需要文学训练和移情想像的事。它应留给读者以精妙理解力去解决,如果读者确有这种理解力的话。而如果这位读者没有这种理解力,那么但丁不会对他打开心扉。他的晦涩风格是他防止志趣不同者入侵的一种保护。

不超出学术批评的范围,我想我们可以这样说:在这个问题上,不同的解释并不相互排斥。象征与字面,在但丁的时代和在他的实践中,是同时并存的。例如,在任何一本中世纪的哲学史论著中,你都会读到,在那一时代里,争论的一大主题便是普遍术语或性质,例如人或人性,是存在于个别事物之前、个别事物之中,还是存在于个别事物之后,由它们所共同的东西抽象出来?现在,这个问题无疑争论甚多。但是存在一个全面和正统的答案,它代表着时代的真实思想,超出个人的特殊癖好或极端。这个答案就是:普通术语或性质存在于个别事物之前,又存在于个别事物之中,又存在于个别事物之后。因为上帝在创世之前,便已知道他想创造它,他心中永远有着完美的人、马等的概念，个别必以它为模本翻造。在有的情况下以它为模本修复，有时是靠自然的治疗和弥补的力量，有时是靠神恩感化。但是普遍术语或性质也存在于个别事物之中，因为个别事物显示它们，分享它们，而且正是通过这种分享，个别事物方才存在。然而普遍也存在于个别之后。因为人有能够推论的头脑，它审视了各种自然事物，必然注意并抽象出它们之中经常重复的共同形式。人头脑中这种事后的概念，也是一种普遍术语。否定三种理论之中的任何一种，看不到它们的一致性，就必将看不出中世纪的观点。这种观点在任何一种意义上说，都是天主教的。

在贝亚德的问题上，这样一种解决办法似乎是自然的。从独立的文件记录中我们得知，在但丁时代，佛罗伦萨的确住着一位比斯·波提那利。在《新生》和《神曲》中，有许多偶然事件，很难说是一种寓言式的解释。例如贝亚德之死，特别是她父亲的死，但丁还为此写了一首挽诗[1]。

---

1 《新生》第22首：
按照这个城市的风俗，女人和女人一起，
男人和男人一起，聚集在这个葬礼上，
许多女人围在悲伤哭泣的贝亚德身边。

以及《神曲·净界》，第338页：
不问在自然界或艺术界，能够叫你迷恋的，
莫过于你的体态和美色，然而现在已和尘土同腐了！

我看不出为什么这位夫人不能像其他的人一样，唤起我们这位诗人梦幻般的激情。他曾爱过某个人这点毋庸置疑。大多数人都曾爱过。如果爱的语言和激情不是但丁的母语，那么他为什么会发现爱的语言是他哲学的天然面纱呢？无疑，爱情语言在神秘主义者的寓言中是常用的，在但丁时代的一般诗中也十分流行。但是神秘主义者自己常常是受过挫折的或潜在的恋人。抒情诗人弹奏爱情歌曲，这是因为它是他们心中最有感应的音乐，也因为它最容易创作出来打动听众的心。但丁不比他同时代的一般人缺少敏感。他如果追随游吟诗人和神秘主义者的做法，那是因为他具有他们那种气质。神圣美丽、不可接近的事物以某种可见形式掠过他的面前。这种幻觉以实际的贝亚德的形体是仅有一次，还是以神的力量可能有的种种形态不断来到诗人身边，这都无关紧要。没有人配得上诗人这一称号——谁比但丁更配得上它呢？——如果声光色彩真的没有给他留下印象的话。而且如果声光色彩仅给他留下物理的印象，仅被看作它们本身的话，那他也很难配得上诗人这一称号。他的感受能力创造出了他的理想。

如果说否定历史上有位贝亚德存在似乎过于轻率、缺乏理由的话，那么看不到贝亚德也是一个象征则是更大的误解。我们在《新生》中读到[1]，有一次在教堂里他发现自己站在贝亚德面前，他的眼睛照例盯着她。但他希望能够在爱搬弄是非的众人面前掩饰自己深沉的激情，于是他选择了另一位女士，她正巧站在他和贝亚德之间的直线上。他假装凝视她，实际上眼光却越过她看着贝亚德。这位插进来的女士，温柔的女士，成了他真正爱情的掩护。[2] 但是他对她做得过于殷勤，以至于被人误解了。贝亚德自己也注意到了，认为他走得太远了，目的不纯，于是当他走过时拒绝和他打招呼，以示不快。这听起来像是真事。但是，当我们在《宴会》中明确地看到，这位温柔的女士，但丁真正爱情的掩护，竟是哲学时，我们是何等惊奇。[3] 如果温柔的女士是哲学，那么非常温柔的女士贝亚德也一定是同一类的某种事物，只是更高贵些。她一定是神学，无疑贝亚德就是神学。她的名字就算不是精心挑选的，也是用来指

---

1 《新生》第5首。
2 真相的掩护（schermo della veritade）——自然哲学。
3 《宴会》第2部第16章：
我紧盯着这个女士的眼睛：这双眼睛是她的明证，它们直视着这位英才、这位圣女的爱恋者的眼睛，把他从尘世的羁绊中解救出来。啊，最甜蜜、最难以言表的目光，人的精神的迅即攫取者，当她与她的爱恋者交流时，她显现为哲学之光！看见你的人得到拯救，得到赐福，摆脱无知与罪恶的死亡……所以，在第二个誓约的结尾处，我肯定地说，我所倾心的初恋的那位女士，是上天之主最美丽最优秀的女儿，毕达哥拉斯把她叫作哲学。

明她就是施福者,她就是指引拯救之路者的。

这样,教堂里的这一场景完全变成了寓言。它使我们知道,年轻的但丁本质上是个虔诚的教徒,他在寻找最高的智慧。但是在他的人的理性与启示的真理之间(他真正爱的是启示的真理,希望赢得并理解它),他发现了哲学,或者我们应该说,是科学。他起初注意的是科学,研究科学过多,以至于在他头脑中神学的秘义都模糊了。令人非常伤心的是,当他走过去时,他的信仰拒绝向他答礼。他已堕入唯物主义的错误中。他解释了月球上的斑点,好像它们可以归于物理的而非苏格拉底说的那种原因。他的宗教哲学已经失去了生气,即使他的宗教信仰实际上没有削弱。那么,可以肯定,贝亚德除了是位女性之外,还是一个象征。

但这还不是终点。如果贝亚德是神学的象征,那么神学本身不是最终的。它也是一条道路、一种解释。贝亚德的眼睛反射了神圣的光。只有上帝难以言传的显圣、天使般的显圣,才能使得我们幸福,才是我们的爱和朝圣的原因和目标。

对于一个感动恋人、感动上天的和平完美的至上理想来说,给它命名比对它加以理解容易得多。在《天堂》的最后一歌中,但丁企图描述这天使般的显圣,他多次说到我们对这一理想的概念肯定是含糊不清的。对于一位诗人或一位哲学家来说，这个概念的价值不在于它正面包含的东西，而在于他对真实体验采取的态度。也许这样说更好些：有了理想并不就意味着想像之中有了意象，有了多少能够清晰表达的理想境界，而是意味着对这个世界上的所有事物采取一种一贯的道德态度。判断和协调我们的趣味，建立一种善恶等级，不是用随意性的个人印象或直觉，而是按照事件和个人的真实本性和倾向来评价它们。这样理解的话，一种终极理想不仅是哲学梦想者的幻想，而且是诗人和雄辩家的强大而又热情的力量。它是他的爱或恨、希望或忧伤的宣示，它把世界理想化，向世界提出挑战，或谴责着世界。

正是在这里，青年但丁狂热的敏感给了他好处。它给了他的道德幻景以前所未有的生动性和明晰性；它使他成了地狱和天堂的经典诗人。同时，它有助于使他成为人世的正直评判者和严厉谴责者。因为他全力忠于自己的内心幻景，所以他那时代的一切事物和一切人物对他来说都变成了神的光辉或魔鬼的邪恶的例证。无疑，这一灵魂的敏锐并非完全由于爱的天赋或爱的训练，它部分地也是由于骄傲、愤恨，以及神学偏见。但是，像法朗赛斯加和曼弗雷德这样的人物，以及充满整个《天堂》的光明与狂喜,是很难仅用愤怒的天赋激发出来的。但丁作品中每一事物的背景和起点都是爱的天赋。

每一个人都听说过上帝是爱,爱使世界运行。那些把这个后来的见解追根溯源到亚里士多德那里的人,或许已经知道这意味着什么。正如我们在开头看到的,它意味着我们不应企图用运动与生活的自然前提来解释运动与生活,因为这种解释是追溯没有尽头的。我们应该用运动或生活的意图和目的,用运动和生活的事物似乎在追求、在爱恋的尚未实现的理想来解释它们。证明它们自己的不是任何事实或规律,因为这些事物为什么不可以互有差异呢?证明它们的是善的东西,是理所应当是的东西。但是亚里士多德认为,运动的事物好像是在宣称自己永不满足,老想变成另外一种状态。它们指望的是一种到目前为止只是属于理想上的完满。如果说这一完满包括运动与生活的话,那它也只能在精神上包括它们。它可以由一个持久不变的活动构成,永无终止,永无变化。这个活动是生活前进中和生活借助于衡量自己不同阶段的不变目标。但是,因为解释事物的是其意图而非其自然原因,所以我们称这种最终运动为它们存在的原因。它将是它们"不动的推动者"(unmoved mover)。

但是我们会问——这种不变、这种理想、这种终结怎样发动所有事物或决定实际生活和运动的事物的性质和倾向呢？其答案，或不如说不可能给出答案，可以用一个词来表达：魔术。当一个良好或有趣的结果因为它是良好或有趣的，而被认为安排了条件和激发了要实现这一结果的存在物时，这就是魔术了。我会饥饿，这很自然，同样自然的是会有东西适合我吃——这样我将不会老饿下去。但是如果在我非常饿时，我的饥饿能够产生它所要求的食物，这就是魔术了，即自然为意志的咒语所唤起。

我没忘记，亚里士多德以及随他之后的但丁强调，生活的目标是一个已经存在的单独存在物，亦即上帝的思想，它永远是世界所追求的东西。但是，这个思想对世界的影响并不比一个不存在的理想更不具有魔术性。因为它的运作公认不是及物的或物理的。在运作中自己不变化，它的美德并不减少。按照亚里士多德和普罗提诺[1]的看法，它甚至不知道它运作了。的确，它运作仅因为其他事物倾向于追求它作为理想。让事物保持这一倾向吧，事物将追求和制定它们自己的理想，其实这时上帝的思想

---

[1] 普罗提诺（约205—270）：罗马宗教哲学家，新柏拉图主义的创始人。——译注

是无处不在还是并不存在都是无关紧要的。它仅仅在它理想的力量范围内起作用。因此,即使它存在,它也只能靠魔术工作。下面的东西感到它存在的魔法,抓住了它的形象的某个方面,好像海浪可以颤抖地接受和反射月球发出的光一样。这样,世界就由魔术,由它所追求的目标的魔术所驱动,每根纤维都活跃起来。

但在人间,这个魔术顶着爱的名字。世界的生命是爱,它是由善的魔术般的引力产生的,而人间只要还是人间,本不具有这种爱。实际事物仅仅提示处于隐秘存在中的元素应该是什么:它们仅是象征。正如橡实仅是理想中橡树的一种预兆——一种存在的象征;橡实落地之后将会化为乌有,但橡树的理念却在橡实所在的地方出现了。橡实是个圣物箱,理念的超凡力量以某种方式秘藏其内。当我们把原因归于世俗事物时,我们与安那克萨哥拉一样,很像一位迷信的圣物崇拜者。他忘了其实是圣人的祈祷和美德造出了奇迹,却将其归功于圣人遗骨衣物的物质力量。同样,我们应该把事物作用于我们的力量归因于借助表达才存在,并且存在着进行表达的永恒理念,而不应归因于物质的疏密。事物仅仅局限于——像圣人的遗骨一样——上天流下来的对我们的影响。在价值世界中,它们仅是象征神力的偶然通道。因为神力借助于它对事物魔术般的同化力创造了这些事物,用以表达自己,所以这些事物不仅在用途上,而且在起源和性质上都是象征。

如果一种思想能够使人相信它生活在本质上是有意义的事物比如词语之中,这些事物所表明的是种魔术般的引力,叫作爱,爱把一切事物吸引在它身后,那么这个思想在直觉上就是一种诗意的思想,即使它的语言是散文。但丁的科学和哲学不必为了成为诗而非得写成诗句:它们基本上和本质上就是诗。当柏拉图和亚里士多德遵循苏格拉底的重要教训,宣布对自然的观察应该停止,对自然的道德解释应该开始之时,他们就给世界创立了一种新的神话,用来代替正在失去权威的荷马哲学。诗人们失去的创造幻景的力量,由这些哲学家在更高级别上具有了,没有人比但丁更彻底地处于他们的咒语之下。他对柏拉图主义与基督教的作用,与荷马对异教的作用相同。如果说对待柏拉图主义与基督教应与对待异教相同,永远不必在科学上为它们进行辩护的话,那么应该说但丁则使它们的诗歌与智慧永葆活力。更稳妥的说法是,后世的人对他哲学的妒忌将多于对他哲学的轻蔑。当一定程度上模糊了这一思想体系的可笑论争和派系激情完全消失之后,没有人会想到申斥但丁糟糕的科学、糟糕的历史,以及精密的神学。它们似乎不是他诗歌中的污点,而是它的固有部分。

荷马之后千年,亚历山大的批评家们解释了他迷人的神话,仿佛这些神话是篇物理和道德的启示论文。但丁之后千年,我们可以指望,他对充满爱、魔术和象征主义的宇宙的幻想,会像诗歌一样给予人类高雅的美。这样设想的话,《神曲》标志着以柏拉图的对话作为开端的漫长白日梦的正午:两千年岁月在这部以政治为动因的作品中做了一番停顿。在此期间,道德的想像力自己织成了一种寓言式的哲学,好像一个孩子,雨天待在家里,读书无趣,度日如年,就会从他父亲的往事中编织出他自己的罗曼史,他会带着幼稚的精确性规定他理想的情妇、战斗和王国。中世纪在幻觉中看到了善。把这些悦人的象征转化成为人的意图,这要等到新时代了。

在一封传统上归于但丁写给他的保护人维罗纳和维琴察的大公、司加拉族亲王康·格兰德的信中,关于《神曲》有这样一段话:"整个作品的主题,仅从字面意义看,是死后鬼魂的情况,可以简单地看成是事实。但是如果按其寓言意义理解作品,它的主题是人,即人按照他运用自由意志的功过,理应得到报答与惩罚。"然而,我们能从但丁作品中寻找到的含义决不限于此。在这封信中,但丁为我们指出了这些意义共有几种,并用《圣经》中《诗篇》第一百一十四首的开头为例做了说明:"以色列出了埃及,雅各家离开说异言之民。那时犹大为主的圣所、以色列为他所治理的国度。"这里,但丁告诉我们,"假如你就字面而论,它告诉我们的是摩西时代以色列的子民逃出埃及这一件事;如果我们看到它的譬喻意义,它就表示我们通过基督完成的赎罪;如果我们考虑它的道德意义,它就表示灵魂从现在的悲惨受难向幸福状态的转变;如果我们考虑它的阐释意义(亦即,所包含的启示有关我们的最高命运),它就表示被净化的灵魂从人世腐朽的束缚向永恒光荣的自由的过渡"。

当人们对这么简单的内容沉思良久,终于发现其中所有这些意义时,我们可以指望,他们自己的作品如果有意具有深度,也应有一级级的譬喻应用。因此,我们在《地狱》第一篇看到一头狮子,它阻止但丁走近一座令人赏心悦目的山峰。这头狮子,除去作为诗中景物,也是一般傲慢和权力(特指法兰西国王)的象征,以及剥夺了但丁幸福,使他失去信仰与虔诚的他个人生活中的政治野心的象征。因此,整个《神曲》之中,明显的画面之下有多种意义潜伏着:这首诗除了是彼岸世界以及灵魂所受的报答与惩罚的描绘之外,也是这一生活中人的激情的戏剧性描写;它是意大利的历史、世界的历史;是教会和国家的理论;是一位流亡者的自传;是一位基督徒和一位恋人的自白,他意识到了他的罪过以及前来拯救他的神恩奇迹。

因此,《神曲》的主题内容就具有各个层次的道德世界——爱情的、政治的和宗教的。诗人为了以一种图解方式表现这些道德事实,他执行了想像的双重任务。首先,他选择了似乎能够说明灵魂的各种状况的某些历史人物。然后,他在相应的象征的环境中描绘这个人的肉体和精神上具有个性特征和象征意义的姿态。这种给道德概念以物质表现的方法,在今天看来非常做作,或许也是不可能的。但在但丁那个时代,做任何一件事都是讨人喜欢的。我们习惯于认为善恶是自然生活的功能,是人与物或人与人碰撞偶然发出的火花。对于但丁来说,理所当然的一件事是,道德上的区别不仅可以从这些区别在人类历史的表现中加以辨认,而且可以从这些区别在创世的次序中得到更为清晰的辨认。造物主自己就是一位制造寓言的诗人。物质世界是他在空间中建立的一个用来上演的寓言。历史是个大的字谜。人间诗人的象征是词语或形象;神的诗人的象征是自然事物和人的命运。他们是为一个目的设计出来的,而这个目的也像《古兰经》中宣称的那样,恰恰显示出在神的眼光中善与恶之间的巨大区别。

在柏拉图的宇宙观中,同心球是由不同层次的智力形成和激起活力的物体。智力越高，它所推动的球运动得就越快，就越处于外层和高层。从此以后，"高"就与好相等同了。这种观点可笑地流传至今。虽然但丁不能认为他那些有关地狱、炼狱和天堂的幻想就是确切的真相，但他深信存在实际的天堂、炼狱和地狱，那是上帝为接受不同功过和脾性的人而特意制造的。所以，除非诗人的想像回应神的启示，否则它只是人的想像，不是预言性的想像，尽管它也是真实可信的想像，按照自然的方式运行，并能在经验充分认识事物之前预见事物。但丁对道德进行的客观化，他给予理想美德与邪恶以可见形式和各自处所的艺术，对他来说完全是一件严肃的哲学工作。上帝按此原则创造自然和生命。诗人的工作方式重复着创世的奇术。他的象征性的想像反映了这个象征性的世界。它不仅是人为的和主观的寓言，它也是对事实的真诚的预言。

这件事情有个奇异后果。也许是世界历史上第一次也是最后一次，一位系统的道德家做出的分类指导了一位伟大诗人的幻想。亚里士多德已对各种美德及其对立面做了区别、命名和分类。但是注意：如果说有意创造另一世界——事实上也是——以便把那些永恒的道德特征表达描绘清楚，以便详细地表达描绘出它们的所有可能的色彩和变化的话，如果亚里士多德已把道德品质做了正确分类,正如他实际上做的那样;那么,随之而来的是,亚里士多德(他自己不知道)一定已经提供了事实上的地狱与天堂的大体方案。这就是但丁的想法。有了亚里士多德的《伦理学》展开在他面前,各处都有取自教义问答手册的补充提示,还有对数字"三"及其倍数的根深蒂固的偏爱(虔诚的并且几乎是哲学性的偏爱),他的航行不愁没有海图。最富幻想的主题亦即死后的生活,可以用科学的严肃和深沉的真诚来加以处理。这个幻景必不是任意的梦想。它必是认真的沉思、哲学的预言、可能的戏剧——也是最辛辣、最可怕的,是对一切可能有的真理的慰问。

善——这是亚里士多德以及所有古希腊伦理学家的基本思想——是自然追求的目的。生命的要求不能过于违犯常情,因为它们是对各种至善的判断。正如但丁所说,没有人能够憎恨他自己的灵魂。他不可能同时是他本能和感情的声音,又反驳它。人也不能憎恨上帝。因为如果这人了解自己,他会看出,根据定义,上帝就是他自然的善,是他实际追求的最终的目的。[1] 按照这种见解,因为我

---

1 《神曲》,第259页:
凡爱不能没有主体,
所以人不能嫉妒他自己;
凡人都不能超然独立而自存,
所以不能对造物主有所嫉妒。

们的官能本质上不可能是恶的,所以所有的恶都只能因官能的失调而出现,亦即它们相比之下过强或者过弱。如果人的动物性部分强于他的理性,那么他就无法自制——也就是说,他就陷入色欲、暴食、贪婪、恼怒或者傲慢之中,不能自制来自对某种善、人性向往的某一部分的过度或不合时宜的追求:因为食物、孩童、财产和性格都是人性的善。因此,这些罪恶是最可原谅的和最不可憎的。但丁把这些由于爱而犯罪的人置于地狱的第一圈,距离阳光最近,或者置于炼狱最上一层,最靠近人间天堂。具体情况就是,恋人下面就是暴食之人——北国诗人将要在这里放置他的醉鬼。这些人的下面是吝啬之人——他们要坏一些,因为他们的行为仅用孩子气的缺乏自制是难以解释的。

但是,官能的失调会以另外一种方式出现。不是理智,而是好斗或凶猛的性气失去控制,导致暴力之罪。暴力像失去自制一样,本身起源完全是自发的。如果它不出击,不想出击、伤害别人的话,它并不是可憎恨的。因此,除去失去自制之外,它的里面还有恶意。对其他人的恶念可能由傲慢产生,因为他想高于他人;也可能由妒忌产生,因为他憎恨他人高于他自己;或可能由报复的欲望产生,因为他对受到伤害感到恼火。这几种罪比那些愚蠢的失去自制更为严重。它们使道德世界变得更为复杂;它们引入了无数利益的对立,以及永远不断的自我扩张之罪。它们是可憎的。但丁对受这些罪之害的人怀有较少怜悯:他记得这些犯罪之人造成的伤害,他对参加神的审判感到一种快乐,他将快乐地痛斥他们。

但是,比暴力更坏的,是狡诈。即那些听命于自己放纵或者恶意滥用他们理性天赋的人的罪。把长处转变成罪恶;把理性,亦即建立了秩序的官能,转变为组织失调的手段。这是真正撒但式的邪恶:它把罪恶变成一种艺术。但是甚至这一邪恶也是有级别的,但丁区分出了十种不诚实或小欺骗,以及三种奸诈。

除去这些明确的犯罪之外,还可能存在着普遍的道德懒散或道德冷漠。但丁天性激烈,对此特别憎恨。他把对宗教不热心的人放在他的地狱边缘[1];他们也在门里,因此没有希望,但在候判所外;他们要在这里受刑,被黄蜂和牛虻叮咬,做着生前没做、现在迟迟来做的活动。[2]

在这些亚里士多德知道的罪恶之上,这位天主教道德家自己又加上了两种:原罪,自发不信就是它的一种后果;

---

[1] 地狱边缘(limbo),特指地狱边缘附近一个地带,为基督诞生前无罪但无信仰的未受洗婴儿与好人的居住之处。——译注
[2] 《神曲》,第13页:
这些不幸的人,在生之日,犹死之年;
他们都赤身露体,有黄蜂和牛虻刺着他们。

以及异端,或曰邪教,它是启示发出并为人接受之后又出现的事。原罪以及异教,如果它们并不导致更坏的事,那么不过只是缺乏至善,包含的不过只是永远缺乏欢乐:它们是在候判所里受罚。这里可以听见叹息之声,但是没有抱怨,唯一的悲哀是生活在欲望之中而没有希望。这种命运归于来世的高贵者和智慧者最为适合,因为这经常是他们在此岸世界的体验。但丁的这一笔是最公正的了[1]。另一方面,异教徒如果诚实的话是一种激情,如果狡诈的话就是一种欺骗。它像傲慢一样在火坟之中受刑[2],或像宗派一样重复不断地受着裂伤与可怕的残肢之刑[3]。

到此为止,但丁是在追随亚里士多德,不过加上了这些小的修改。但到这里,一个巨大的分歧开始了。如果一位异教诗人已经怀有在诗的场景里图解罪恶和美德的范畴,那么他就会在人类生活中选择适当的情节,描绘出现

---

[1] 《神曲》,第17页:
我们惟一的悲哀是生活于愿望之中而没有希望。

以及第182页:
"人类啊!在'为什么'三字之前住脚吧!假使你能够看见一切,那么玛丽亚用不着怀孕了。你知道古往今来有多少哲人的欲望都没有得着结果,他们的好奇心非但不能满足,反而堕入永久的怅惘。我所说的就是亚里士多德和柏拉图,还有许多别人。"维其略说到这里,忽然俯首不言,他似乎现出烦闷的神气。

[2] 《神曲》,第16—25页。
[3] 《神曲》,第129—132页。

第二章 但丁

在人间环境中的典型性格,因为异教道德是棵人间的植物。但丁不是这样。他的诗篇仅在背景中描绘这一世界,置于前景的是时光流逝带来的永恒后果。这些后果是些新的事实,而不仅是理性主义者心目中被构想为真实的旧的事实。在情感上,这些后果常与造成它们的事件相反。使得这种相反成为可能的,是这样一种理论,即正义的报应是不完全的,美德不会得到充分的报答,邪恶也不会得到充分的惩罚。按照这一理论,此岸生活包含的只是我们的部分体验,然而决定着其余的体验。彼岸生活是第二种体验,然而它不包含任何新的历险。它已完全由我们在人间的所作所为决定。这就像树倒下来就躺着不动一样,死后的灵魂是没有什么主动性的。

但丁所采取的理论介于两种早期观点之间。一种是古希腊的观点,它把永生理想化了,把它看作是某种永恒的事物;一种是希伯来的观点,它设想永生是新的存在和第二次不同趣味的生活。但丁想像了第二种体验,但这是一种完全回想式的和不变的体验。它就是结束这部戏剧的尾声,也是它的最后一段。这个尾声的目的不在于无限期地延续这部戏剧;这种对永生的浪漫主义观念从未进入但丁的思想。这一尾声的目的仅在于证明(以一种比演出拙劣的戏剧所能有的更加明白无误的方式)善的卓越和恶的痛苦。他认为如果这些就是全部生活,那么恶人就会高兴,他们即使不会狂喜,至少也会庆幸他们的命运并不比好人的命运更坏。没有什么天壤之别。道德上的区别很大程度上成了无关紧要的,结果是鱼龙混杂、泥沙俱下。如果我是一位单纯的热爱善的人,我也许会容忍上述情况。对于我所看重的至善,我也许会说出华兹华斯谈及他的露西的话:也许他们没有什么可歌颂的,也没有什么人爱他们,但是他们对我来说至关重要。

然而,但丁并非一位单纯的热爱善的人,他也是一位强烈地憎恨恶的人。他悲剧性地看待道德世界,希望把他所感受到的道德上的区别提高到某种无限绝对的地位。现在那些为他的偏好所激怒的人也许会和穆罕默德、德尔图良和加尔文一起说,如果那些蔑视善的人能够逃脱惩罚,不必为其罪过感到忏悔的话,那么就是善的耻辱。他们还会说,作恶的后果越可怕,眼前的作恶在世界上就越不可容忍;他们还会说,只有听见被打入地狱的人不断尖叫,看到他们不断挣扎,圣人们才能安心,才能确信宇宙中存在着完美的和谐。关于这一原则,在但丁置于地狱门上的著名题词中,我们读到,原初之爱,以及正义与力量,建立了这座刑罚室;原初之爱,亦即善的原初之爱,借助于对蔑视它的人的严厉惩罚,它受尊敬,被证明,能像太阳一样放光。打入地狱之人是因为上帝的光辉而被打入地狱的。

我不禁要这样认为,这条教义是对人性的巨大羞辱。它说明了一种利己主义的或以人类为中心的哲学在本质上是多么愚蠢。这一哲学从让我们相信显然一切事物创造出来都是服务于我们的需要开始;然后它声称一切事物都服务于我们的理想;最后,它揭示出一切事物都服务于我们盲目的仇恨和迷信的疑虑。因为我的天性禁忌某种东西,所以整个宇宙都永远发疯般地强烈禁忌它。这种糊涂想法为但丁所继承,它与但丁那痛苦激烈的脾气并非不相投。然而,有时他的眼光越过了它。像许多其他基督教预言家一样,他在这里、那里表现出报答和惩罚的奥秘观点,它把这些赏罚看作善恶方式内在特点的简单象征。然后他似乎说,惩罚不是所加之物,它是激情本身所追求的。它是一种愿望的满足,尽管它使追求它的灵魂感到震惊。

例如,刚到地狱的鬼魂无须魔鬼用叉驱赶他们走向惩罚。他们急切地、自愿地朝它跑去。[1] 同样,炼狱中的灵魂由他们自己的意愿驱使,坚持在他们正在从事的苦修之中。没有外力留住他们,但是直到他们彻底涤罪之前,他

---

[1] 《神曲》,第14页:
他们急于要渡过这条河,因为神的正义刺着他们,他们的害怕就变为自愿了。

们不能宽恕他们自己,因为他们自己不愿这样去做。[1] 我们被告知,当一个人自我解放、升至天堂之时,全山颤动,爆发出赞美的歌声。说当这些灵魂改变其理想时改变了他们的监狱,说灵魂的低下状态就是它自己的炼狱,这是否多余呢?无论如何,在某一处但丁以明白的术语宣布了惩罚的内在性质。在渎神者中有某位忒拜的国王,他公然蔑视朱庇特的雷电。他表现了自己对他所受到的惩罚的漠视,他说:"我活着是这样,死了还是这样。"于是维吉尔用一种但丁以前没有在他声音中听过的力量惊呼:"你已经受了这样的刑罚,你还要这样骄傲。须知你愈加恼怒,就是你自己愈加痛苦之处。"[2] 的确,但丁的想像也不能超过,甚至不能等于这个世界上人们给自己造成的恐惧。如果非要我们选择《地狱》中最可怕的场面的话,我们将只得选择于谷霖的故事,但这不过只是比萨人实际看见的事情的苍白复述而已。

一个更微妙更有趣的例子,如果不是更明显的例子,

---

[1] 《神曲》,第281页:
洗涤干净与否,只有灵魂自己的意志可以证明,他的意志担保灵魂的上升,也以得着这种恩惠而满足。固然起初灵魂是急于要上升,但这种欲望是被神的正义所约束,所以他反而甘忏悔了。我自己呢,我躺在这里受苦已经有五百多年了,直到现在我才自觉有迁入更好住所的欲望。

[2] 《神曲》,第64页。

可以在保罗与法朗赛斯加的受罚中找到。是什么使这对恋人在地狱中如此悲惨呢?他们还在一起,在风中相互拥抱、永远飘荡,可以算是对恋人的惩罚吗?如果让他们的激情自己说话,那么这正是它要选择的。这正是激情之所在,它会永远这样快乐地持续。神的判决只不过是按照它的话来看待它罢了。这种命运正是那个著名故事中奥迦生为自己及其恋人尼哥雷特所希望的——不是借助重逢得到天堂,而是拥有他所热爱和向往的东西,即使是在地狱之中。一位伟大的浪漫主义诗人阿尔弗莱·德·缪塞竟然申斥但丁,说他看不出他为保罗和法朗赛斯加指定的永恒命运不是他们爱情的毁灭[1],而是这一爱情的圆满完成。这最后一句似乎非常正确。但是但丁真的看不出它

---

[1] 阿尔弗莱·德·缪塞《新诗·回忆》:
但丁,你为什么说在痛苦的日子里
  最痛苦的莫过于对一段幸福的回忆?
你这句苦涩的话说的是什么悲伤,是什么
  苦难与灾祸?
不,这是一个纯净的火焰,它照亮了我,
  你的心中从未有这种不敬之语。
一个幸福的回忆也许比任何现实的
  幸福更加真实。
你可以把这些话讲给你的法朗赛斯加,
  你光荣的天使,
她平静地讲述她的故事,那是一个
  永恒之吻。

的真相吗？如果真是这样,那是什么直觉引导他为这些恋人选择他们会为自己选择的命运呢？

在生活中学徒与大师之间存在着巨大的差别——奥迦生和阿尔弗莱·德·缪塞就属于学徒之类,但丁则是一位大师。他能像任何年轻人或浪漫主义者一样真切地感到生活的生动激励;他经历过这些事情,他知道这些事情的可能和不可能的结局;他看出了它们与人性其他部分,与最高的幸福与和平的理想的关系。他已经发现了人应该不断对自己说的话:你应该放弃。出于这个原因,他的地狱除了我们小小激情的朴实的理想及其满足之外,无须其他内容。然而,灵魂一旦被任何一种激情所支配,就不再希望其他事物。而爱所向往的东西不仅仅是占有。为了构想幸福,它必须构想一种在彼岸世界可以享受的生活,它充满了事件与活动,它将是恋人之间崭新的和理想的纽带。但是,非法之爱无法成为这种公开的愿望的满足。它被斥为仅要占有——在黑暗中占有,没有环境,没有前途。它是毁灭中的爱。而这正是保罗与法朗赛斯加的苦难——他们的毁灭中的爱,他们可以互相给予的一切都已毁灭的爱。使你自己沉溺于——但丁对我们说——使你自己沉溺于一种除爱之外一无所有的爱,那么你也就已经坠入地狱了。只有被灵感所激动的诗人才能是这样敏感的道德家。也只有严肃的道德家才能是如此具有悲剧性的诗人。

这些小小的道德剧中所表现的同样老练精细的感觉,也表现在作为每段情节背景的具有感情共鸣的风景中。这位诗人实际上完成了他归于造物主的功绩,他为道德行为召来了一个物质世界作为它进行表现的适当剧场。大众的想像和荷马及维吉尔的先例的确为他完成了这一象征劳动的一半,正如传统总是帮助成功的诗人一样。人类从遥远的古代以来已经构想出一个隐于地下的黑暗的地狱,里面住着悲惨的鬼魂。在基督教时代,这些鬼魂变成了迷失的灵魂,由恶魔折磨着。但是,但丁面前有着亚里士多德的关于恶的目录,他把这些飘渺无形的洞穴变成了一个匀称的迷宫。七个同心的阶梯形下降的圆环级级向下,直至冥河之水,这水环绕着冥王地帝城的铜墙。这些墙内,还有两层平台通向一个险恶悬崖的边缘——也许有一千里深——这就是地狱的深渊。在深渊的底部,也是逐渐倾向中心的,还有十条同心沟渠,关押十种恶棍。最后有座陡峭悬崖俯瞰着科西多斯冰湖,它处于地球的正中心,路西弗和少数几个叛徒一起被冻在湖中。

在对这座地狱的描写中,精确与恐惧、外表的与心理的真实从未如此奇异地结合起来。然而炼狱的概念更有独创性,也许更有诗意。炼狱的入口是迷人的。我们第一次听见它,是在但丁提到尤利西斯注定所做的冒险的时候。这位英雄在从特洛伊返回之后,在伊萨卡岛不能静住,他召集了他残存的伙伴去做一次发现的航行。他和他们一起经过了赫拉克勒斯之柱,绕过了非洲海岸;在大海里航行五个月后,他看见了一座巨大的山,一个巨大的截顶圆锥体在他面前隐隐浮现。这就是炼狱岛的山,在耶路撒冷的对极之处。然而,就在尤利西斯要在那儿登陆之时,一场暴风倾覆了他。他的帆船船头朝下地沉入了这人迹不至的大海之中,就在可以看到这新世界的距离内。因此,异教徒必不能够得到拯救,虽然某种玄妙难解的冲动已把他们带近这一目标。

另一方面,对于神恩的代理人来说,这事却是多么容易!天使驾着一叶轻舟,鼓动白翼推船前进,船从基督徒死后灵魂聚集的台伯河口出发,飞掠海面,到炼狱山放下旅客,然后同日返回台伯河口。到达炼狱的情况就讲这么多了。灵魂登岸之后,只见山麓宽广延伸,然而不久就变得艰难陡峭。当他经过狭窄的悔过之门后,他必须在不同高度的环山壁架上一层层地滞留直到他的一种罪被净化,然后再上一层,如果他也犯了应该在那里受净化的每一种罪。此山甚高,似乎昂首月空之中,出于人间风雨之上。

顶部是个宽阔的圆形平台，内有伊甸乐园，由累德河和优乐埃河二水灌溉着，一水可治痛苦的回忆，一水可使所有美德更有生气。此地上接天堂底部，由此可以很容易地从这一层天飞到上一层天。

但丁时代的天文学与他的诗歌写作任务完美地协调着。它描述并设计了一种可与圣人死后的天堂相等同的天宇。这种天文学中的旋转的无形的天体是以地球作为中心的。这种极端复杂的托勒密天体说不断在但丁的脑海中浮现。他乐于告诉我们太阳升起或坠落在哪个星座，当时相对极地的天域又是哪里；他脑子里装有一部星象仪，时刻告诉他每颗星辰的位置。

这样不断地生拉硬扯天文学知识，对我们来说似乎过于幼稚或迂腐。但对但丁来说，天体构造具有风景之美，确实充满了最奇异的光和影。它也具有一种难得的发现之美，它揭开了自然的秘密。按照自然本来的面目或应有的面目设想和看待事物，对于但丁来说，要比幻想不可能的事物更为有趣。在这方面，他表现的不是缺乏想像，而是具有真正的想像力与想像的成熟性。正是我们之中那些没有能力想像和把握真实世界或不敢正视它的人，才会离它而去，去追求对我们来说十分精细、足以作为诗歌或宗教内容的廉价虚构世界。在但丁这里，幻想不是空洞的或随意的,它是严肃的,是以对真实事物的研究为素材的。他选用它们的特征,预测它们的真实命运。在原始希腊人的意义上说,他的艺术是对自然的模仿或排演,是对命运的预期。出于这个原因,科学或神学的奇妙细节事实上进入了他的诗句。借助于他那个时代的直率忠诚和简单朴素,他大量吸收这些有趣的形象。它们帮助他澄清了这个世界的神秘性。

我们时代有种感觉论或美学,它们宣称,理论是非诗的,好像进入有教养的头脑的所有形象和感情都不会与理论互相渗透。这样一种感觉论或美学的流行足以解释艺术的衰落。理论的生活不比感觉的生活更少人性或更少感情,它的人性更加典型,它的感情更加生动。哲学是比普通生活更强烈的一种经验,正如隐居之处听到的纯净精妙的音乐要比风暴的喧嚣或城市的吵闹更生动更强烈一样。出于这个原因,对于并非没有头脑的诗人来说,哲学不可避免地要进入他的诗歌,因为它已经进入他的生活。或不如说,事物的细节和理念的细节同样进入他的诗句,因为二者同样居于引导他走向他的理想的路途之上。反对诗中有理论就像反对诗中有文字一样,因为文字也是并不具有它们所代表事物的感觉特征的象征符号。正是仅仅借助于文字投向事物的新的联系之网,在回忆往事时,诗歌方才产生。诗是原始经验的稀释、重新处理和反响,它本身是亲近事物的理论形象。

无论是在但丁之前还是之后,都没有一个诗人像他一样生活在如此巨大的景观中。因为我们缺乏确定形象来填充我们无限的时空,所以这无限的时空没有什么诗的价值。但丁的空间是充实的,在人能想像的范围内,它们扩展了人类的住地和命运。虽然圣人并不真的住在这些天上,而是住在外面的最高天上,但是在这些天上每个精灵都表现出了与他自己相似的天赋。在但丁的想像中,每个精灵都像光点,不时有声和光从他们那里放出。除去描写他们的话语(通常是有关人间事物的),但丁很少谈到有关他们的情况。最后,他看到一个"天上玫瑰"的景象:圣人们层层排列,好像坐在一个圆剧场里,上帝在他们之上形成三道彩虹,并有人形位于其中。但这明明仅是一个象征,是但丁勉强诉诸的一幅有点老套的图画,因为没有更好的形象来表达他的神秘意图。能够帮助我们猜测他的这一意图的,是刚才提到的那个事实,即按他所说,这些高天并不真是哪个人的灵魂的真正位置。纯洁的灵魂飞升穿过它们,离开上帝越近,飞升就越容易、越迅速。贝亚德的眼睛——上帝对人的启示——仅是镜子,仅仅流出反射的美和光。

这些线索暗示了生活的目的正是上帝的怀抱这一主旨。生活的目的是完全地消解与融化于上帝之处,而不是任何其他具有确定形式的存在,无论那种确定形式的存在多么优越。新柏拉图主义者就是这样想的,而这一天堂的景色正是从他们那里借来的。基督教正统观念所要求的保留并不总在基督教神秘主义者和诗人脑海中出现。但丁在《天堂》第三章中,即他与毕加达灵魂那次值得注意的会见中,说明了这一点。她在天堂的最低一层,即月球天,这是因为她被人从她的修道院劫走并强迫出嫁之后,她没有立志坚守她早先的誓言。但丁问她是否从未渴望升到天堂中较高的位置,更靠近一切追求的自然目标——上帝的所在。她回答说,分享神的意志,就是真正和他在一起,他的住所有着许多不同的宅第。想要靠近上帝的愿望实际上会使灵魂远离,因为它会违反他建立的秩序。[1]

因此,即使在天堂中,基督教的圣人也得保持他的忠诚、独立和谦卑。他得像托俾阿一样,自己感到迷失无助,只有在大天使的手触及他时才会快乐。对于毕加达来说,

---

[1] 《神曲》,第371、372页:
"假使我们希求更高的,这种愿望便不与上帝的意志相符合,上帝指定我们就在这里;……他的意志给我们安宁;他好像海洋一般,一切创造的和自然所做成的都汇归于他。"那时我很明白,在天上到处都是天堂,而且至善所赐的恩惠并非同样。

她接受了神的意志并不意味着她分享了它,而是指她服从了它。她将乐于升高,因为她的道德本性要求这样,按照但丁——不可救药的柏拉图主义者——的正确理解。但是她敢于不理睬它,因为她知道,上帝的思想不是她的思想,上帝禁止她这样做。月球天并未给她提供最大的快乐,但是,她受到磨炼,她说这已给她带来了足够的快乐。一颗破碎忏悔的心有胆量希望的就是这一切了。

这些就是《天堂》可爱的和谐之下的互相冲突的启示。并非诗人的灵魂在这里冲突,这里冲突的只是传统。他自己灵魂的冲突已被留在其他地方了。当他从天堂的高度,满怀好奇地回望地球这个打谷场时[1],他为人类竟如此激烈地争夺蝇头小利感到惊奇。因此但丁说,谁对它想得最少,谁就最聪明。

在这句话里,但丁也许意识到了个人的不足。因为但丁远非完美,即使作为诗人也是如此。他完全是他那个时代的人,时常带着一股没有明朗化为判断力的激情写作。当我们读到逢尼法斯或于谷霖的故事时,如此之多的纯粹个人的和戏剧的趣味主宰了我们,以至我们几乎忘了,这

---

1 《神曲》,第486页:
这七个都现在我的眼前;他们的大小,他们旋转的速度,他们相隔的路程。当我伴着永久的双子星座旋转时,那小小的引起人类残忍的欲念的圆面,全部显示给我了,从他的山脉到他的河口。

些历史人物已被变形成为永恒的人物,变成了柏拉图主义要旨镶嵌图中的拼块。但丁自己几乎也忘了这点。现代读者习惯于缺少意义、难以捉摸的虚构,期待着没有思想的形象带来消遣。他们不会注意到它缺乏深度,却会从中得到快乐。但是,如果他有判断力,他就不会从中得到长久的快乐。逢尼法斯和于谷霖并不是《神曲》中真正深刻、真正可爱的人物。相比之下,他们是其中的庸人。在这些故事中,我们深深感到诗人的偏见和义愤之强烈。他并不像他通常那样公正,他没有像他通常总要做的那样停下来想一想。他忘记了他自己是在永恒的世界里,只不过暂时浏览了一下意大利某个喧闹的市场,或者某派雇佣兵队长的会议厅。这些段落——诸如有关逢尼法斯和于谷霖的那些——都是但丁用此种风格写成的。它们有力而且强烈,但是它们不美。它们对被谩骂的对象的抹黑多于对它们的揭露;它们所给予读者的震惊多于所给予读者的感动。

这种较低的成功——因为它在修辞上仍是一个成功——落到了这位诗人身上。因为他放弃了他灵感中柏拉图主义的那一半,暂时变成了完全希伯来的或罗马的。如果他一直在这个水平上活动,他的思想要低得多。要是柏拉图的诸天和亚里士多德的伦理学都被去掉,那么他的

《神曲》将不再是"神"的了。要使人物和事件难以忘怀,它们就得表现意义;它们就得从它们在道德世界中的位置加以看待;它们就得受到评判,以它们的尊严和价值接受正确评判。至于它们的偶然个人情感,无论多么富有激情,也不能够代替有同情心的洞察力和广泛经验。前者领会事物,后者加以判断。

另外,他所感到的和表现的爱,不是正常的或健康的爱(对但丁是根本性的)。它无疑是够真实的,但是太受约束,太多地表达在幻想中。因此,当它为柏拉图主义所扩展,如此容易地与神的恩惠、与受启示的智慧相统一时,我便会产生怀疑:如果所谈的爱是自然的和人类的,那么它将对如此神秘的一种转换提供更多阻力。希望令人信服地从爱过渡到哲学的这位诗人(这对诗人来说是自然的进步),因此也应是位全心全意的恋人——像歌德和他的浮士德那样的恋人——而不是像柏拉图和但丁那样的。浮士德从格蕾辛转向海伦,然后又部分地回转。歌德所做的转变甚至更多。如果它们中有的导向某种事物,那种事物不仅被人所爱,而且值得被爱,不仅能激发一个完整生命,而且应该激发爱的某种事物;那么我们会有一个真正的进步。

此外,但丁谈论自己过多。对我们现代人来说,有种感觉,这种自我中心主义是种美德,至少是趣味的基础。因为自我中心主义是现代哲学和浪漫情感的显著特征。在成为自我中心主义者方面,但丁走在他的时代之前。如果他不把自己置于舞台中心,把每件事物作为他自己的体验,或作为对他自己的、为了他个人的拯救而作的启示来描写的话,那么他的哲学将失去深度,他的诗歌将失去悲怆的要素。但是,但丁的自我中心主义走得过远,超过了必要的限度,因此超验的洞察力在他的哲学中不会失败。它走得很远,以至于他不但把自己的影子投到了炼狱的阶地上(正如他不断精心重复地告诉我们的那样),而且投到了整个意大利和欧洲,他在明显的个人激情和愤懑的影响下观察和判断它们。

而且,如此贸然张扬自己的个性并不处于值得考虑的每一方面。但丁非常骄傲,非常痛苦;同时,他又是令人感到奇怪地胆怯;有时,人们会对他反复不断的战栗和泪水,对他的昏厥和莫名其妙的怀疑感到厌烦。一位知道自己处于上帝以及三位仙女的特别保护之下,一位有着像维吉尔这样的圣人和法师作为向导的人,总该在观看地狱时具有更多一点的自信。这位发抖昏厥的哲学家距离浮士德笑傲一切的胆略是多么远哪!浮士德看见他的卷毛狗化为一个怪物,然后化为一团云雾,最后变为梅菲斯特时,他立刻说:这就是狮子狗的原形!但丁无疑是中世纪的。忏悔、谦卑和害怕魔鬼是那一时代的伟大美德。但是,我们必然得出的结论正是:那一时代的美德不是最佳美德,代表那一时代的诗人不可能是人性的公正的,也不可能是其最终的代言人。

也许现在我们已经考察了布满但丁想像的大多数事物,考察了他的诗歌传送给我们的主要内容。如果一位诗人的天才能够把我们送入使他入迷的那个世界,那么这个世界的特点将决定他诗歌的品质和尊严。但丁以其明白无误的力量首先把我们带进一个梦幻般的爱的环境,然后用这种爱,或用与爱相同的神恩进行感化,把我们带入他自己皈依的过程中。对他来说,他的皈依把他带到的那个最高理想,既是通过普通自然表达给他的,又是由一个受到启示的宗教和一个上天保佑的帝国这两个组织来体现的。为了追溯这两个组织的命运,他又把我们带进一部通史,让我们观看伟大历史关头和伟大历史人物,特别是诗人自己时代的意大利历史。在这里,我们审视那些推动或阻碍基督教世界理想的名人的罪恶、美德及悲伤。这为数众多的人物带着一位戏剧家的同情和简洁立于我们面前。但它不仅是狂欢节,也不仅是死之舞。因为在党派激情骚动之上,我们始终听到评判这些激情的预言家的坚定声音。这是永远的判决。

这样,具有最细致的色彩感觉天赋和最坚实的设计艺术天赋的但丁,就把他的整个世界搬上了他的画布。从那儿看,那个世界变得完整、清晰、美丽,具有悲剧意味。它的细节生动可信,步调雄伟,异常和谐。这不是那种局部优于整体的诗。在这里,正如在某些伟大的交响乐中,每一事物都是渐进的:各种运动齐心协力,强度不断增加,规模不断扩大,强烈的乐曲越来越高。所有一切的终结不是戛然而止,不是结束于某个偶然事件,而是结束在持久的反思中,在这样一种感受中:它还没有完结,而是由我们永久地保留它的整全,保留一种启示和资源。它教导我们去爱去恨,去评判去尊敬。一位诗人还能做什么更多的事情呢?但丁在表现一切生活和自然的同时把它们诗化了。他的想像力支配和注意着整个世界。从而,他达到了一位诗人能够追求的最高目标。他为所有可能的行为建立了标准,变成了最高诗人的典型。这不是说他是诗人之中"最伟大的"。诗人的相对价值是个无聊的争论话题。当一位带有新气质或新标准的批评家出现时,这个问题总要被重新提出。我们更不必说不会有更伟大的诗人能够出现,相反我们会对能够出现更伟大的诗人抱有信心。但是但丁提供了诗的最高样式的成功范例。他的诗作覆盖了能够引出诗歌,以及诗歌可以应用的、从心灵最深处到自然和命运的极远处的一切领域。如果给予某种事物以想像的价值是一位诗人的最低任务,那么给予一切事物及这些事物构成的体系以想像的价值,显然就是他的最伟大的任务了。

但丁完成了这一任务,当然是在特定的个人和社会的条件和局限内。但他完成了它,因此他满足了最高诗歌的条件。正如我们今天开始看到,甚至荷马也受害于因袭性和片面性。他那个时代的生活与宗教中的很多东西为他的艺术所忽略。它是奉承,是委婉的艺术;它有一种无处不在的温和,就像我们今天与流行的布道相联系的那种风格。它是献给王宫、献给征服者的诗歌;它给他们过去的野蛮和今日的自欺有意洒上了一层光彩。但丁身上没有这种偏颇,他像描绘他之所爱那样坦白地描绘他之所恨。在所有事情上,他都是完满的和真诚的。如果同样的适度又为另外一位诗人所获得,那么可以推测,它将不是为一位超自然主义的诗人所获得。今后,对于任何宽广真诚的想像力来说,超自然必然以它是自然的一部分这一观念在人的头脑中出现。必须想像到这一点,否则就会缺少对这一时代的洞察力,无法表达或完成它。然而,正是出于这一理由,但丁有希望继续成为超自然主义的最高诗人,成为柏拉图之后那一阶段的思想感情的至高无上的阐述者。在这一阶段中,超自然主义似乎是理解自然与幸福的关键所在。这是一个前提,世界已经在此前提之下获得了道德的完整性。那么,在这里,我们就有了人类到此时为止已经获得的对事物的最完全的理想化与理解。但丁是尽善尽美的诗人的典型。

第三章
歌　德

我只管在世间到处漫游；
把一切欢乐紧紧抓在手里，
不能满足的，就将它放弃，
逃出掌心的，就让它脱离。

——《浮士德》

在着手研究我们的第三位哲学诗人之际,一丝踌躇掠过心头。卢克莱修无疑是位哲学诗人:他的整部诗歌集致力于阐发和捍卫一种哲学体系。但丁的情况也可算一清二楚。《神曲》是一部道德和个人的寓言,它不仅有很多段落纯属哲学,而且整部作品都为最明确的宗教理论和道德规范所激励和支配。但丁无疑也是一位哲学诗人。然而歌德是位哲学家吗?《浮士德》是一篇哲学诗吗?

如果我们说是,那么我们就得给我们的术语以某种范围。歌德是人类中最聪明的。也许他太聪明了,以至于从技术的意义上说聪明到了无法成为一位哲学家,或者用灵机一动的术语来说以至于无法驾驭这个世界。是的,他终生是位斯宾诺莎的追随者,我们可以毫不犹豫地把他定义为一位哲学上的自然主义者和一位泛神论者。然而,他对斯宾诺莎大体观点的追随,并未阻挡他自己观点的巨大灵活与自由,即使是在最基本的观点上。因此,歌德没有认可斯宾诺莎提出的对自然的机械解释。他规定了,至少为像他自己这样的有特殊地位的灵魂,规定了一种比斯宾诺莎所允许的更富有个性的不朽。此外,他对戏剧化地解释他那个时代德国的自然与历史抱有普遍的赞同态度。然而如此超验的一种理想主义,把世界看作是一种精神努力的表达,则是对斯宾诺莎基本信念的完全颠倒。斯宾诺莎的信念是,所有精神力量都存在于个别生物之中,它们在绝对无限和没有目的的世界上自我放射。一句话,歌德不是一位有系统理论的哲学家。他对事物的进步,对伟大人物和伟大思想的意义的感觉,的确有哲学性,虽然其浪漫成分多于科学成分。他对生活的想法是新鲜和多样的。这些想法说出了他的时代的天才和学识,但它们并未表达一种激进、完整,可以传播给其他时代、其他个人的坚定的个人观点。而哲学家们毕竟还有这一超过文学家的优点,他们的思想更加富于组织性,因此更加容易传播开。他们的思想较少传播影响,而较多传播种子。

如果我们从歌德转向《浮士德》——正因为他是《浮士德》的作者我们才考虑他——那么情况没有这么复杂。当年轻的歌德第一次写《浮士德》时,哲学出现在第一行——"到如今,唉,我已对哲学……"但是哲学在这里,在全篇中仅仅作为一种人的体验,一种激情或幻觉,一批丰富的意象或一种热望的艺术。后来,在席勒的影响下,歌德的确在他原来的场景周围又加了其他的内容,如天上序曲,还有浮士德的升天,其中指明了一种生活哲学。也就是说,他反抗迷失,然而他又在迷失中得到了拯救。这个观念具有充斥全诗各个部分(后面的部分不比前面的部分少)的讽刺的和梅非斯特式的智慧。坦白地说,它是一种装饰这个故事的道德,既不是它的种子,甚至也未完全表达它赖以生存的精神。《浮士德》基本上仍然是一首浪漫主义的诗,它的写作给予一位富于生动想像力的天才以宣泄;它触及情感,用意象的沸腾来迷惑思想;它引起笑声,带来恐惧,传播人性。如果我们必须谈及哲学,那么诗中有许多特别的格言,以及许多半隐半现的高见,它们在哲学价值上超过了作者附在诗上的过时的和官方的道德。他自己也警告我们不要过于认真地看待这些东西。[1]

那么,《浮士德》无论如何不是一部哲学诗了。然而,它像卢克莱修和但丁的诗一样,确实为存在的道德问题提供了一种解决办法。受到注意的哲学固然美妙,但是那些不受注意的哲学也许更加美妙。它们也许更纯粹也更深刻,而被人无意中采纳,被人用以实践而非用以教导。这不仅适用于每件艺术作品和每个自然事物,它也可以作为揭示整个宇宙的因果之链的起点,就像破裂的墙壁上生长

---

[1] 爱克曼《歌德谈话录》,1827年5月6日的谈话:"这当然是一个起作用的,可以解释许多问题的好思想;但这不是什么观念,不是全部戏剧乃至每一幕都以这种观念为根据。"(译句采自朱光潜译本,人民文学出版社,1980年,第147页。——译注)

的花。更准确地说,向着一种理想的生动活跃的努力,它是明确而含蓄的,当它支配一个生命时,会比精心选择的词汇更充分地表达这一理想。

人类志趣的两大巨流在一起冲激跳跃——从北方传统和天才的深处升起的浪漫主义之流,以及来自希腊蔓延意大利的新异教主义之流——而《浮士德》就是这两大巨流顶峰的泡沫。它们不是批评家硬塞进《浮士德》中的哲学,它们是这部戏剧中沸腾的激情。它是一部哲学探险的戏剧,一场打击常规的反叛,一次向自然、向温情、向美的飞翔;然后又返回常规,带回一种感受——自然、温柔和美。它们只有在这里才能找到,别处是没有的。歌德从未像但丁所做的那样,描述他的主人公追求的目标。他满足于描绘这一追求。像莱辛一样,他在他著名的序曲中说,他喜欢追求理想甚于喜欢理想本身。也许,像莱辛的情况一样,这是因为实现理想的希望和实现它的兴趣正在开始抛弃他吧。

如果但丁不是第一眼就认出并爱上了贝亚德,并飞升进入一个永恒世界的景象之中,一个现成的和有条理的永恒世界的景象之中,而是经历从爱情到爱情,从温柔的女士到温柔的女士,一直渴望见到贝亚德但又从未见到她的话,那么但丁就与歌德差不多了。那时《神曲》只会是人的,尽管它会暗示和追求《神曲》所描写的极致。我们的"人曲"将不是直接表达这一极致,而是为它提供物质与能量,使得人们觉得,这一极致只要表达出来,它就会被更深刻地感觉,被更正确地理解。但丁给予我们一个哲学目标,我们还得回忆追寻这一历程。歌德则给予我们一次哲学历程,我们还得推测目标。

歌德是位浪漫主义诗人,是一位诗体小说家。他是位体验的哲学家,因为体验降临在这个人身上;他是位生活的哲学家,因为行动、回忆或独白将相继把生活置于我们每个人的面前。现在,浪漫主义的兴趣就是把你所知道的独立的古代世界看作是你个人情感的材料。野人或动物完全不能知道自然与历史,所以它们不会对这些东西,也不会对它们自己表达浪漫主义。它们是无动于衷的白痴,毫不怀疑地把一切事物看成自己心中所在的东西。然而浪漫主义者应该是个文明人,因此他的原始与自我性就会有些自相矛盾,并对它们有些意识;因此他的生活就会包含丰富的体验,他的反省就会玩味各种情操与思想。同时,在他最内在的本质方面,他应是个野蛮人、一个儿童、一位超验主义者,这样对他来说他的生活就是绝对新鲜、自决、出乎意料,也是无法意料的。他的灵感的一个部分,就是坚信随着他的情绪或目标的每次变动,他都创造了一个崭新的天地。他忽视或企图忽视生活的一切环境,直到也许经过生活他亲自发现它们为止。[1] 像浮士德一样,他嘲笑科学,醉心于进行魔术试验,这反映了一个人企图掌握他所居住的宇宙的意志。他否认一切权威,除了他内心深处的信仰神秘地施加在他自己身上的那种权威。他永远是诚实和勇敢的,但他永远与众不同。只要他一超越或者忘记他的过去,他就与它永远脱离。他任性不羁、鲁莽蛮干,只是根据所有的体验都是有趣的,它的源泉不会枯竭,永远纯净,以及他灵魂的前途是无限的等等观念来判定自己正确与否。在浪漫主义主人公身上,文明人与野蛮人应该结合起来。他应该是一切文明的继承人,并且,他也应该傲慢和自大地看待生活,仿佛它不过是一种绝对个人的试验。

这种卓越的结合在约翰尼斯·浮士德博士身上得到

---

[1] 歌德:《浮士德》,第698页。(译文采用钱春绮的中文译本[上海译文出版社,1982年],页码为中文译本的页码,下同。——译注)
我只管在世间到处漫游;
把一切欢乐紧紧抓在手里,
不能满足的,就将它放弃;
逃出掌心的,就让它脱离。
我只管渴望,只管实行,
然后再希望,就这样以全副精神冲出我的生路;
开始很有干劲,
现在却趋于明智,谨慎小心。

了引人注目的体现。这是一位半历史半传说的人物,歌德在幼年时期常在木偶戏或小人书中看到。浮士德博士是一位浪漫主义的冒险家,在该词的世俗意义上说他也是如此。他有点像帕拉塞尔苏斯[1]或乔尔丹诺·布鲁诺[2];他感觉到了自然的神秘,他嘲笑权威;他笃信魔术,他靠欺骗为生,他曾逃出警察之手。他那些渎神的胡吹和无赖的行为以及他的魔术,使他甚至在生前就成了一个臭名昭著和十分有趣的人物。他一死,围绕他的名字就有了很多传说。连海外都知道,他曾把自己的灵魂卖给魔鬼,以换取人间二十四年的放纵享乐。

使用这个传说就是提供一个可怕的训导范例:它警告所有的基督徒避开科学、享乐和野心这些陷阱。这些东西把浮士德博士送入了地狱之火。他的尸体脸朝下扑着,再也无法翻过身来。然而我们可能怀疑,甚至从开头起,人们就在浮士德博士身上看到了一位勇敢的弟兄,一位敢于尽情享受此岸生活中的快乐胜过享受宗教所许诺的彼岸生活的阴郁幸福,有些令人羡慕的堕落之人。文艺复兴所看重的一切在这里都表现为魔鬼的赠品了。一

1　帕拉塞尔苏斯(1493—1541):中世纪瑞士医师、炼金术士。——译注
2　乔尔丹诺·布鲁诺(1548—1600):文艺复兴时期意大利哲学家、数学家、天文学家。——译注

第三章　歌德

般的人很有理由怀疑，究竟是宗教还是世俗生活更不可爱。无疑，第一部小册子的路德教作者们感到，而且是正确地感到，那些诱惑了浮士德的美好事物是非福音派的，是异教的和天主教的。然而他们无法完全避免赞颂甚至觊觎它们，特别是当旧教复兴的第一番热情已经冷却之时。

马洛的写作仅在几年之后，他开始了恢复这位主人公地位的工作。他的浮士德仍然受到诅咒，但已被改造成了这样一种人物，即亚里士多德所认为的悲剧主人公。他特别人道和高尚，但被某些可以原谅的罪行或错误引入歧途。马洛的读者会在浮士德博士身上看到一位像他们自己一样的普通人和基督徒，但被野心和对享乐的热爱驱使，走得远了一点。他不是偏激的不信宗教者，也非魔鬼的天然伙伴，像文艺复兴时期典型的恶棍那样，信仰异教，没有道德。相反，他已成为一位优秀的新教徒，果断地掌握着表达了他自发情感的信条的所有部分。他老听见一位好的天使在他耳边絮语。即使坏的天使最终占了上风，博士也还是在不停地忏悔和犹豫着。这位卓越的浮士德受到偶然事件或命运的惩罚，受到魔鬼的威逼，当他真要忏悔时不许他忏悔。因此结局的恐怖感得以加重。我们看到一位本质上是善良的人，因为一时糊涂,他签字画押出卖了自己的灵魂,与他的意愿相反,被驱向了绝望并被罚入地狱。一种可供选择的幸福结局近在眼前,但是那种渗透于这类传奇剧中的热衷骇人听闻与可怖事物的趣味,最终将他尖叫着送入地狱。

使得马洛的结局更粗暴、更缺乏哲学性的是下述情况:对于任何不受常规约束的人来说,对话中的好的天使似乎辩论得很糟糕。他所能提供的一切只是乏味的劝诫和表面的警告:

> 噢,浮士德,把那该死的书放下,
> 不要看它,以免它诱惑你的灵魂,
> 把上帝的雷霆震怒堆在你的头上!
> 要读,就读《圣经》。那该死的书是亵渎上帝。
> 亲爱的浮士德,想想上天,以及天上诸物。

对此,坏的天使回答:

> 不,浮士德,想想荣誉和财富吧。

还有在另一处:

> 浮士德,继续钻研那著名的技艺,
> 其中包含着大自然的所有奥秘,
> 让你在地上如同朱庇特在天宫,
> 成为所有元素的支配者和主人。

无疑,这里的魔鬼代表着浮士德的或文艺复兴之子的自然理想。他打动了一个年轻灵魂含混然而合理的野心,要利用世界做试验。换言之,这个魔鬼代表了真正的善,因此如果浮士德不能抗拒他的建议,那是不奇怪的。我们喜欢他,因为他热爱生活,相信自然,热衷于美。当他喊出这样的话时,他是为我们大家说的:

> 就是这张脸使得千舟竞发,
> 烧毁了伊里翁参天的城楼吗?

甚至于他针对教皇所搞的亵渎的恶作剧,也使他更受反教权群众的喜爱。他用自己对诸如法律、医学或神学之类的晦涩无趣的职业进行傲慢而得意的嘲讽取悦廷臣与骑士。一言以蔽之,马洛的浮士德是为文艺复兴所珍视的一切——力量、求知、进取心、财富与美——而献身的烈士。

如果我们把《浮士德》与卡尔德隆[1]《创造奇迹的魔术师》比较一下（人们时常做出其他方面的比较），我们就能看出马洛与歌德是如何地完全处于与基督教的生活哲学反其道而行之的方向上。这位早些时候的主人公安堤阿的圣西泼里安像浮士德一样是位学者，他把他的灵魂签约卖给了魔鬼，施行魔术，拥抱美的幽灵，最终得到拯救。相同之处到此为止。

他并不讨厌一切理论，特别是神学。他是一位急切地寻找上帝的异教哲学家，他怀着对自己方法的充分信任走向基督教的正统理论。在有关上帝的统一性、力量、智慧与善良的学术论争中，他击败了魔鬼。他堕入爱河，他出卖灵魂仅仅是为了满足他的激情。他研究魔术主要也是为此。但是魔术无法主宰他所爱的基督徒夫人的自由意志（一位现代的和非常西班牙化的夫人，虽然被假定为古代安堤阿之最美者）。魔鬼只能提供她的一个假的幻影。当西泼里安走近她，揭去她的面纱时，他发现里面只有一个可怕的死神的头颅。因为上帝能够做出超越任何魔术师的奇迹，能够在魔鬼玩花招时击败他。西泼里安被这种警告吓坏了，变成了一位基督徒。他身体半裸着，欣喜若狂，好像一位疯子。他不断大声地证明一位真正的上帝的

1　卡尔德隆(1600—1681)：西班牙剧作家、诗人。——译注

第三章　歌德

力量、智慧与善良。因为当时德西乌斯[1]的迫害还在继续,所以他很快就殉难了。他的夫人也由于同样的原因被判刑,她用自己的英雄气概和言辞鼓励他。他们的人世激情是死去了,但是他们的灵魂却在死亡和永生中重逢了。

在这部戏剧中,我们看到奇迹挫败了魔术,信仰战胜了怀疑,纯洁抵制了诱惑,激情化为了热情。在幻灭与苦行之前,世界的一切奇异壮观都崩溃了。诗人告诉我们,这些奇异壮观除去尘土、灰烬、烟云、空气之外一无所有。

完完全全地与歌德的《浮士德》相反。两位诗人都以最大的自由处理了他们的历史,然而他们戏剧的精神却明显忠实于假定它们发生的相应的时代。卡尔德隆美化了从异教向基督教的运动。这一运动顶峰的哲学——天主教正统观念——不是草率地支配着他的思想,而是操纵着他的想像,并且使得他的人物崇高,使得他的诗句令人喜悦。歌德的《浮士德》相反,它美化了从基督教向异教的回归。它表现了文艺复兴解放灵魂、挣脱传统信仰和传统道德束缚的精神。这一精神在历史人物浮士德那个时代辉煌地展示了自己以后,似乎在十七世纪的伟大世界里被消

---

[1] 德西乌斯(约 201—251):罗马帝国皇帝。——译注

磨掉了。人们的性格和法律重申他们过去对基督教的忠诚,文艺复兴仅仅是在学术或艺术中抽象地活着,不断给予它们某种古典的或假古典的优雅。然而,在歌德的那个时代,第二次文艺复兴正在人们的灵魂中发生着。对原始和冒险生活的热爱,正在许多人心中增长。在浪漫主义运动和法国大革命中,这种对生活的热爱从已经窒息它达两百年之久的政治妥协和习俗常规中摆脱出来了。歌德的主人公体现了思想的第二次的、浪漫主义的解放,他是基督教传统所不喜欢的姗姗来迟的学生。他要求空气、自然,以及一切体验。另一方面,西泼里安则是异教所不喜欢的一位学生,他渴望的是真理、隐居以及天堂。

对于人类来说最为幸运的是,使年轻的歌德着迷、在他的幻想中扎根的就是这个传说。在这个传说周围,聚集了六十年充实的岁月的体验与洞察;《浮士德》变成了歌德诗的自传和哲学遗言,其中充满了造成他自己生活丰富多样的每一种热情,从对浪漫或古典艺术的伟大抉择,到地理学上水成论与火成论的论争,再到他对拜伦爵士慈父般的赞赏。然而,尽管他自由地处理传说,赋予它以个人色彩,但是它的历史联系丝毫没有逃过他的眼睛。他在法兰克福和斯特拉斯堡的生活使他的想像力更熟悉了中世纪的场景;赫尔德[1]传染给他一种对艺术与风俗中一切自然和有特点事物的富有想像力的崇拜;哥特式建筑的魔力笼罩了他;他向莎士比亚学习,学会了在诗意盎然、形而上学地倾泻激情的同时做细节的联想,做多种扫视的联想,做与生活本身一样的忧郁与欢快相混合的联想,以及做审慎的外部的现实主义的联想。曾经启发马洛写出不朽的诗句,后来又启发他创作《海伦娜》的那种对古典美的感受,还在潜伏之中,但他已经染上了当时流行的人道主义的狂热。他为一位法律、社会以及其他事物的受害者,一位为了避免受辱而杀死了她自己的新生婴孩的可怜姑娘辩护,并把她理想化。自私的诱惑者和伪君子的社会中的这样一位受害者,为浮士德的故事加上了具有女性气味和悲怆色彩的巧妙一笔:格蕾辛得代替被觊觎的海伦,至少是暂时地。

这位格蕾辛并非等闲尤物,而是一位被歌德赋予了一切纯洁、甜蜜、智慧、热情以及坚毅的姑娘。这些美德是歌德从他自己的格蕾辛们、卡辛特们以及弗里德里希们身上发现,或自认为是从她们身上发现的。因为年轻的歌德虽然学识渊博,但绝不仅是书本的学生;他在他自己的人的

---

[1] 赫尔德(1744—1803):德国批评家、哲学家及路德派神学家,狂飙突进运动的先驱。——译注

能力与力量之上，又加入了一个真正的诗人的情感风暴、无拘无束的狂喜和突如其来的忧郁。他是位真正的恋人，顽强不屈的恋人。他能深怀敬畏，以一种浮士德式的探险精神探究魔术；他能在他的阁楼上对着初升朝日焚烧祭品；他能钻入基督教的神秘主义；有时从他无意识思想的深处能够涌出滔滔词句、意象，以及泪水。他是一位天才，如果真的有过一个天才的话。而这一位天才，在其生气勃勃之时，进入了《浮士德》的字里行间——最源远流长的主题，最生动奇妙的传奇。

在歌德该诗的第一版里，在格蕾辛的故事的前面，我们看见一位勤奋的浮士德，像马洛作品中的浮士德一样，在作有关科学之虚幻的自言自语。科学没有把握住任何真实的真理，它们只是语言的骗局。它们甚至没给浮士德带来名誉与财富。也许魔术会好一些。大气中充满了精灵，如果能够召唤它们前来助战，自然的奥秘也就可能揭开。我们也许能够获得真正的科学，通过它获得主宰物质世界的意想不到的力量。因为按照歌德的见解，自然真有奥秘，她尚未经受最终的考查，她不仅是细小部分与不变规律的运动过程。我们对她的最终看法如同我们对她的首次看法一样，必须加以诠释。我们必须从她的大量表现中推测她的灵魂。因此，只有像魔术一样的诗意和修辞的艺术才有可能揭示她,让我们与真理两相照面。

在这些对精灵的召唤中,正如歌德的浮士德所做的那样,绝没有出卖灵魂,甚至没有致使灵魂冒险的问题。这位浮士德与马洛的浮士德不同,他没有信仰也没有畏惧。从教会的观点来看,他该永远作为不信宗教者受到诅咒。但是,作为一位不信宗教者,他正从另一方向上寻求拯救。像文艺复兴时期勇敢的人物一样,他希望从无限、宁静、慷慨的万有自然中寻求逃离基督教教义和基督教法规的囚禁的途径。他的魔术就是引导他进入他的新宗教、自然宗教的洗礼仪式。在另一种意义,一种更体现歌德时代而非浮士德时代特点的意义上,他也转向了自然。他渴望雄伟的孤独。他感到日光、洞穴、山峰、流云会是他最好的药物和最好的顾问。卢梭、拜伦以及雪莱的灵魂都预先体现在这位浮士德身上,他是一切浪漫主义反叛者的缩影。在他身上,还共生着帕拉塞尔苏斯与乔尔丹诺·布鲁诺的灵魂。他认为自然的原始方面将融化和更新他的情感,而魔术将揭示宇宙规律的奥秘,帮助他利用它们。

浮士德满怀着这些希望,打开了有大宇宙灵符的魔术书:它向他显示了世界的机制,所有力量和事件都彼此相互作用,形成一个无限的链。这个景观使他狂喜,他似乎已经实现他最热切渴望的一种抱负了。但是此时他立刻又想到浪漫主义生命的另一半，或黑格尔所谓的另一要素。任何一种浪漫主义理想一旦实现，就再也不会令人着迷。无论我们获得什么，我们的不满足一定是永恒的。因此，浮士德记起了，摆在自己面前的宇宙的景观只是一种景观，它是一种理论或概念。[1] 它并非莎士比亚所感觉和表现的那样，是世界的内在生活的表现。当体验来到生活与工作着的这位学者心中时，它并不是以那种理论景观的方式给出的。在科学上，体验被转换成为这许多被考察过的事件，即以这多种形式出现的这多种物质的旋流。但是浮士德要的不是真实的形象或真实的描述，他渴望扮演和变成真实本身。

在这新的探索中，他的眼睛盯住了地灵的灵符，这似乎对他现在的追求来说更为合适。这个灵符是所有体验的关键。所有体验诱惑着浮士德。他不惧怕人间的一切苦难，他准备着手做人类做过的一切事业。他要过一切人

---

[1] 《浮士德》，第32页：
好一个奇观！可惜！只是个奇观！
我从何处掌握你，无限的自然？
乳房在何处？

的生活,和最后一个人一起死去。[1] 他对体验的渴求是如此强烈,以至于地灵被感动了,受命出现。他在一道红色火焰中看见了它的怪异模样,他的热情化为恐惧。在他面前展开的是愤怒杂乱的生活激流、无情的消长、无限的变化,以及它的绝对变化无常。这种普遍生活不是给任何人演习用的,它冲破了人格的一切界限。每个人都只吸收他的理解力范围内的那一部分,吸收事物朝向他的特殊角度的那一方面,吸收事物使他感兴趣的那一方面。地灵对他喊道:你肖似你所理解的精灵,不像我。

这一句话——对人来说可能的和最好的生活,是理智的生活,而非自然的生活——对于浪漫主义的、不爱理智和不知满足的浮士德来说,是难以忍受的。像许多其他富于情感的哲学家一样,他认为,因为他是全部体验的一个部分,所以所有体验都应和他的体验相近。但是事实上,相反的情况更近于真理。正是人的局限、与所有其他人的

---

[1] 《浮士德》,第32、33页:
地灵啊,你跟我较为相近,
我已经觉得精力增进,
我已经发烧,像喝了新酒。
我觉得有勇气往世间去冒险,
承担浮世的幸福、浮世的苦难……
跟暴风雨进行激战,
听到沉舟的嘎嘎声也不胆寒。

地位相对的他的地位、他从所有其他目的中选取的目的决定着他。他能达到的范围取决于他的代表能力。他的理解力会使他成为普遍的,而他的生活做不到这一点。当浮士德从正在离去的地灵处听见这句话时,他被它惊倒了。他感到没有力量去否认世界的喧哗震动了他这一事实,但他将不承认如此冷峻和挑明真相的权威。

这些就是出现在歌德的《浮士德》的两个早期版本——《浮士德初稿》和《浮士德片断》中的主要哲学观点。梅非斯特对年轻学生所说的话,仅仅是浮士德在第一次独白时关于科学和学业只是浮夸无用的话的灵活扩充而已。梅非斯特也发现,理论是灰色的,生活之树常青,而且结满金果。只有当他在浪漫主义论证的迷梦中第二次清醒过来,比浮士德有了更多体验之后,他才预见到这个金果到嘴里也会化为灰烬,如同它在伊甸园中那样。科学是荒唐的,但是生活也并不见得更好,因为科学终究不过是生活的一部分嘛!

当我们转向定稿的第一部分或转向全诗时,我们就会发现那些转换了开场的浪漫主义画面,那些向我们提供了一种更全面的哲学的许多改变和增加之处。然而,这些变化主要是在表达方式上而非在最终实质上,这些增加主要是对古老主题的新的阐述。研究艺术作品的发展史的批评家们能够帮助我们更明智地分析它们,更精确地重现不同时期作品的意图可能是什么。然而,如果我们被这些信息片断所引诱,离开赋予作品诗的价值和独特个性的东西,而去注意结果——它的癖性、它在道德世界中的立场——那么我们为获得这些信息而付出的代价就太高了。歌德的整部《浮士德》在道德世界中的立场,正是最初开场就给予它的那一立场。它充斥了较多的空间,它触及了较多的历史与诗的主题。但它的中心是旧的中心,它的结果是旧的结果,它的画面、它的哲学仍是浪漫主义的。

许诺要对该剧的思想提出新见解的主要增加部分是《天上序曲》。与《约伯记》相似,我们看到了晨星——三位天使长——一起唱歌,接下来是天主与梅非斯特间一场非常愉快幽默的交谈。场景是中世纪宗教剧的风格,这一环境可能会使我们认为,问题的要点是浮士德灵魂的拯救。但是,在实际意义上它远非如此。像《约伯记》一样,问题在于受到引诱的凡人此生将要保持何种情操,而不是何种命运今后将要主宰他脱离肉体的灵魂。梅非斯特注意到,死人对他不感兴趣。他不是一位来自地狱深处的魔鬼,出于愤怒或者野心,只关心增加那一可怕领域中受难灵魂的数目。他住在人世的环境里,他不懂得恒星和宇宙——人的生活是他的自然环境。[1] 他依然是——他在该剧第一版中就是——地灵的一部分,它的化身之一。他的特殊职务,正如我们不久将要看到的,就是促成与生活的不断更新而紧密联系的不断破坏。他认为浮士德追求一切、永不满足是非常愚蠢的。他的赌注就是可以使浮士德一无所求,满足于机遇给予他的东西。他打赌说浮士德将卑躬屈膝,败下阵去,而且是愉快地败下阵去。[2] 他说浮士德将抛弃追求不存在和不可能的东西的那种气概,像蛇一样,匍匐爬行,在片刻之欢中自得其乐。

对此,天主宣布浮士德是他的仆人——也就是说,是一种理想的仆人——并且宣称,任何人只要追求理想,就必然会犯下错误。然而好人在必要的错误中,从来不会迷失正路。[3] 换句话说,怀有一种为之奋斗的理想,像浮士德一样永不满足,这本身就是人的拯救。浮士德还不知道这

---

1 《浮士德》,第21页:
那就谢谢,我跟死者从不愿意有什么交往。
我最喜爱的乃是丰满健康的面庞。
我不接待死尸,我的习惯,
就像猫儿要玩弄活老鼠一样。
2 《浮士德》,第21页:
让他去吃土,吃得开心。
3 《浮士德》,第20页:
只要他在世间活下去,
我不阻止你,听你安排,
人在奋斗时,难免失误。

第三章 歌德

个。他有些相信外面还有某种具体的终极的善,他的不满足之感如此强烈地折磨着他。但在适当时机,他将明白这个问题,知道只有每日重新赢得自由与生活的人才配得上自由与生活。[1] 而梅非斯特自己又嘲讽又引诱,帮助保持世界运转,保持人类完全清醒。[2] 在行动的世界里,缺陷便是可能的一切。但是天使们会用思想把由存在探讨或提出的完美形式加以收集和固定。[3]

在《浮士德》两个较早的版本中,梅非斯特不经介绍就出现了。我们发现他以给予一位愚钝的老学究以暧昧的建议自娱,并陪伴浮士德漫游。他嘲讽的语气和神奇的力量立即使他成了传说中的魔鬼,但是几个段落说明,他是

---

[1] 《浮士德》,第705页:
是的,我就向这种精神献身,
这是智慧的最后总结:
要每天争取自由和生存的人,
才有享受两者的权利。

[2] 《浮士德》,第22页:
人类的活动劲头过于容易放松,
他们往往喜爱绝对的安闲;
因此我要给他们弄个同伙
刺激之,鼓舞之,干他恶魔的活动。

[3] 《浮士德》,第22页:
永远活动长存的化育之力,
愿它以慈爱的藩篱将你们围护,
在游移现象中漂浮的一切,
请用永久的思维使它们永驻。

浮士德开头召唤来的地灵的代理人。他既是魔鬼又是地灵这点并不使这位学者感到吃惊。[1] 中世纪流行于宗教中的魔鬼并非一路货色:他们只是新柏拉图主义的空中精灵。他们和奥林匹斯众神以及更古老的地仙一样,受到了宗派情绪的诽谤,被一种粗俗和怯懦的想像力所贬低。的确,许多这类异教妖精原来都是顽皮胡闹、爱恶作剧的,因为并非自然的所有方面都吉祥如意,人类的一切梦想也非如此。但是整体来说,他们随意的、自然的生命是无害的——在地球与月亮之间的空间中飞掠的有翼的力天使。他们不是深渊地狱里的住户,他们既非折磨者也非受折磨者。他们经常愉快地云集一起,放声歌唱,就像他们在《浮士德》,甚至是在《创造奇迹的魔术师》中所做的那样。如果他们在其他时候唧唧嘎嘎地乱叫,那么他们也就是像猫头鹰和青蛙一样,虽然没有蜂鸟那么可爱,但是并不比它

---

1 《浮士德》,第200、201页:
  崇高的地灵,我所祈求的一切
  你都给予了我,你并没有
  白白在火焰中对我显圣……
  我如今感受,并没有完美的东西赐予世人。
  你给我这种喜悦,
  使我跟神道越来越趋于接近。

  以及,《浮士德》,第276页:
  伟大的庄严的地灵,承蒙你向我显圣,你了解我的心情和精神,为什么叫我结交上这个幸灾乐祸的无耻小人?

们更少天真自然。

这些不那么善良的、大气的,特别是其中的火的精灵之一,是歌德的梅非斯特。他以一种深刻和独创的方式解释了他为什么喜欢恶胜于喜欢善。他说,黑暗或者乌有早在光明诞生之前就已单独存在了。对于他的思想来说,乌有和黑暗仍然是基本的,是我们称之为存在的那种实有与匮乏混合物中的较好的部分。现存的东西都不可以保留,也不值得保留。因此,如果乌有已经存在过了,它就会较好些。[1] 按照他的观点,否定无论何种事物的价值,与希望毁灭它一样,只是一种理性的野心。他是不断否定的精神,他是永远存在的否定。这种精神——我们可以把它与卢克莱修的玛斯两相比较——在这个世界上具有伟大力

---

[1] 《浮士德》,第81—83页:
我是常在否定的精灵!
我自有道理,因为,生成的一切
总应当要归于毁灭;
所以最好,不如不生……
我是部分的一部分,部分原本是大全;
我是黑暗的一部分,光本来生于黑暗……
跟虚无对立的这种存在,
就是这个笨拙的世界。
尽管我耗费许多心血,
我总是无法将它解决……
不知有多少已被我埋葬!
可是却依然有新鲜的血液在循环。
这样下去,真要令人发疯!

量。在某个方面,每种变化都表达了它,因为在某个方面,每种变化都是某种事物的毁灭。这种精神总是促成恶,因为它促成死,具有有助于死的所有愚蠢、罪行和绝望。但是在促成恶的时候,它也总是造就善。因为这些恶导向乌有,而乌有即是真正的善。著名的对句——

> 那种力的一部分,
> 常想作恶,反而常将好事做成。

——完全不是表达通常与之等同的黑格尔式的陈词滥调。它并不意味着破坏最终服务于善是因为它为"某种更高的东西"清理了道路。梅非斯特并不是一位认为变化和进化本身是善的哲学家。他并不承认他的活动是在致力于恶时无意中促成了善。它是有意促进了善,因为按照他的观点,他的活动造成的恶要比它消除的恶更少。对于生命之疾来说,他是一位冷酷的手术师。

如果他承认其他解释,那么他事实上就转变成了《天上序曲》中天主的观点。在他眼里,他的胡闹就会变成生活目标的一个必需的有利条件——一种真正生动有益的生活条件。然后他会继续进行他狡猾的作为和辛辣的谈话,丝毫不带善意。在每一件事上都以绝对来衡量,带上乐观主义者的笑容与光圈。他会看出他是生活的调料,是这个世界的酵母和胡椒,对于神意调制的完美风味来说是必需的。事实上,梅非斯特质朴得多。他说他想要恶,是因为他想要的与他的受害人想要的相反。他是一个伟大的反对者,新生希望的破坏者。他也为善,因为这些新生的希望如果任其独立,则将导致痛苦与荒谬。他的反对掐去了生活中愚蠢的幼芽。的确,正如他后来承认的那样,破坏之力从未赢得过一次确定的胜利。当一切事物在他的镰刀下接连倒下的时候,生活的种子也正不断在他身后撒开。卢克莱修的维纳斯和玛斯一样,都有自己的执政期。永恒的拉锯战、古老的变迁,永无尽头、永不消退地持续进行着。

因此梅非斯特有种哲学,在他自己的眼睛里是正当的和一贯的。然而在戏剧进程中,他戴上了各种面具,有着各种状态。正如歌德最后所表明的,他所说所做的一切都不能与他的思想本质完全相容。梅非斯特的戏剧形象很久以前就在它的书面特点中固定下来了。例如,梅非斯特极其地老,好像比宇宙还要老。对他来说没有新的东西,他也没有幻想。他对他所看到的任何人的感觉,就像老人那样,被他对他所记得的无数人的感觉所麻木。他是无情的,因为他是非人格的和普遍性的。他完全是非人的,既没有人的羞耻也没有人的趣味。他时常采取一条狗的外形——这是他在这场人间狂欢节上最喜欢戴的面具。他并不反对魔女之厨,并不反对它毫无意义的喧闹和淫猥。他温顺地容忍这个精灵世界的怪诞礼仪,遵守有关用血签约、敲门三次、敬畏五角星等所有规矩。为什么他不应该这样呢?虚化的狗与魔和人一样,都是地灵的外形。人并没有梅非斯特所应该敬重的特别尊严。人的道德是许多道德中的一种,他的习惯并不比猴子的习惯更少荒唐之处。梅非斯特对蛇没有偏见,他既理解也轻蔑他的亲戚蛇。他也理解和轻蔑他自己,他有时间去彻底了解他自己。

然而,他的理解并不公正,因为他是死亡的鼓吹者。他不能共情地灵的另外一半,那是他不代表的那一部分——创造、推进、可爱的一面,崇尚使得世界运行的理想、爱的一面。能够使得一个真纯的灵魂迷醉的东西只能使得梅非斯特感到好笑,而折磨一个真纯的灵魂的东西却给他以发出冷嘲热讽的满足。因此,他事实上成了一个尖酸刻薄的魔鬼。而在其他时候,当他反对浮士德的愚蠢与浪漫的时候,他似乎又成了一切经验和理智的代言人。例如他警告浮士德说,如果你要做到一切,那么你必须做到个别。然而即使如此,他也是以制止和否定浮士德对无限的热爱的方式说出来的。这一最清醒的真理,在不受欢迎的时候，对多愁善感的人而言，或许就和最玩世不恭的谎言一样邪恶。因此，尽管梅非斯特的各种情操的公正程度天差地别，但是他仍然保持了他的戏剧整一性。我们熟悉他的语调。无论他戴什么面具，我们都认为他是个反面人物，并且发现他是讨人喜欢的。

就是和这个精灵一起，就是在这种条件之下，浮士德进行了他的历险。他渴望一切体验，包括一切恶的体验；他不害怕地狱；他不期望幸福。他信任魔术；他相信或愿意相信，除去自然或上帝制定的既定条件之外，个人借助于他自己的绝对力量和自信而唤起的他所期望的体验。他和梅非斯特的签约就是这一浪漫主义信仰的表达。它并不是以来世受难为代价购买现世享乐的交易。因为无论是歌德、浮士德，还是梅非斯特，都不认为这些享乐是值得的，或这些受难是可能的。

浮士德从这个世界得到的第一种趣味是在艾尔巴赫地下酒店，他立即发现这是一个令人不快之处。他成熟傲岸的思想不能从他在那里看到的麻木不仁的欢闹中得到欢娱。他没有那么单纯和容易冲动，竟会以为醉酒狂欢的确诱人。人若要能容忍此种愚蠢，那么他就必须不是像布朗德一样一无所知，就是要像梅非斯特一样无所不知。浮士德仍然感到"距离的悲怆"，他敏锐地感到某种不可企及的无比高贵的东西。在他接下来造访的魔女之厨里,快乐更是丑恶和浅薄的。这里的喧闹更无意义,幻景更为可憎。然而浮士德带着他在浪漫主义恢复中得到的两点东西出现了。他已经吃了青春药,并在镜中看到了海伦的形象。此后他爱上了理想之美,他变得年轻了,可以在他看到的第一个女人身上找到理想之美。

接下来是伟大的格蕾辛情节。当他(和她哥哥决斗之后)离开她去看瓦尔普吉斯的狂欢时,他的青春之躯一时沾染了这种恣意狂欢。然而,当时他那尚未满足的对理想美的爱使他免于陷入持久的幻觉中。他看见一只红老鼠从一个他所追求的小仙女口中跳了出来,他一时的欲念变成了反感。当他回到监狱中的格蕾辛身边时,对他来说一切都太晚了。除了认识到他造成了毁灭之外,他什么也不能做——格蕾辛蒙受耻辱,她妈妈被毒死,她哥哥被杀死,她的孩子被她沉塘溺死,而她自己将被处以死刑。格蕾辛是这首诗中唯一一位真正的基督徒,她拒绝被救出,因为她希望以她自愿的死亡来赎她那些严重的、虽然几乎是无意的罪行。

这就是浮士德在个人趣味的世界——小小世界——的生活的结束。我们很可能要问,他的试验的结果到底是什么?他为他未来的探险积聚了什么力量或经验?答案可以在第二部的第一场中找到,歌德在这里运用了他作为诗人与作为哲学家的最高能力。我们被转移到一个遥远、壮丽、纯洁的国度。这是傍晚,浮士德正疲倦而又不安地躺在一处开满鲜花的山边上。好心的自然的小妖精在他头上飞舞。它们的首领爱丽尔命令它们给予受到磨难的主人公以安慰。他是不幸的,这就够了——它们不问他是圣人还是罪人。[1] 然后小妖精们合唱了四段可爱的歌曲,每一段都唱夜里的一更时间。第一段召唤和平与遗忘,听任睡眠发挥安抚作用。它们似乎是说——用斯宾诺莎的话说——怜悯与悔恨是有害而无用的,失败是偶然的,错误是无罪的。自然没有记忆,原谅你自己吧,你已被谅解了。二更的歌使得不幸的灵魂再次处于自然的无限永存的物质之中。群星有大有小,或闪烁或清亮,各按其序布满夜空,海上则跳荡着它们的反光。在这宇宙的循环中,没有私人的意愿,没有持久的分裂。在下一更里,我们发现自然的再造能力开始再次发挥作用:种子膨胀,活力在解冻的枝头积聚起来,蓓蕾逐渐丰满;每一事物都重新找到了一种新鲜的个性和一种温柔、生生不息的意志。最后,第四更的歌曲命令鲜花开放,浮士德睁开双眼。平静中更生的力量

---

[1] 《浮士德》,第296页:
矮小而有大志的妖精,急忙出来扶危济困;
对不幸的人俱表同情,不分邪恶还是神圣。

应该诱发一种新的生活。自然对勇敢者开放,对理智者开放。敢作敢为的人,就是高尚的人。[1]

浮士德得到这些帮助和安慰之后,满怀着新的力量与志向醒来了。他惊喜地看见阳光抹上了山巅,又逐渐移进山谷。当阳光到达他这里时,他直接望着它,但他感到眩目。他似乎记起了一度引诱他然后又拒绝了他的地灵。他说,我们希望点燃我们生命的火炬,结果我们引起了一场火灾,一场欢乐与忧伤、爱与恨的可怕的大杂烩。让我们背对太阳,转向无限的力量和无限的存在。我们的眼睛更适合于看飞泻的瀑布、人事的洪流,看它们飞散成千股万道。水雾从激流中升起,阳光在水雾上绘出一道彩虹,它不断消失,又不断出现。这是理性人类所达成的真实图景。我们在一个彩虹般的世界里生活。[2] 或者,像雪莱对

---

[1] 《浮士德》,第 299 页:
大丈夫事事都能实现,因为他能知而即行。
[2] 《浮士德》,第 301、302 页:
我们不过想点起生命的火炬,
却被火海包围,大火多吓人!……
就让太阳留在我的后方!
那穿过岩隙奔腾直下的瀑布,
使我越看越欣喜若狂……
可是从这种飞泉形成的彩虹,
拱成万变之不变是多么悦目,……
彩虹反映出人类的努力上进。……
要从多彩的映像省识人生。

我们所说的那样——

> 生活，像一座多彩的玻璃大厦，
> 放射着永恒的白色光芒，
> 直至死亡将它踏成碎片。

然而，这一死亡本身是反复无常的。卢克莱修的维纳斯借助于重新形成我们的感觉与本能，再一次建起了那座彩色大厦。当水雾重新升起或风平息之时，彩虹重新出现，天地又像第一天那样光辉灿烂了。

这就是歌德的回春与不朽的理论。它完全是自然主义的。死后还有生命，但这只是指这样的灵魂——它们有足够的能力把自己与自然在不定的运动中总是想要再生的那些形式相等同。一种深刻的思想在自然中深深地扎下根来——它就将多次开花。但是，一种深刻的思想带入它下一次生命体中的——也许是某个遥远的领域中的——不是它通常的优点和缺点，不是它自责的重负，也不是它悲惨的记忆。在它的新的洗礼中，这一切都被冲掉了。留下来的只是那一深刻思想中深刻的东西，深刻到新的环境也能再次含有和容纳它们。

在与地灵交谈之后，浮士德想到自杀，他认为这是一种逃避压抑的环境,在完全不相同不可知的环境中开始一种新生活的手段。这就像一个人人到中年,讨厌他的职业,就想放弃它而另选一个。这样一种抉择是严峻的。它表达了一种对现存事物的巨大不满,但也表达了一种巨大的期望。对于浮士德来说,死亡和其他事物一样,是种冒险;如果这一冒险与他的假设相反,证明只是最后一次,那么,这也是他愿意冒的一次危险。因此,当他把毒药举到唇边时,实际上,他是在举杯献给晨光、献给世界的新的春天。这绝不是他生命中最忧郁最虚弱的时刻。[1]

虽然复活节赞美歌的合唱声阻挡了他,给他带来对一种他不再相信的宗教的感伤记忆,但是他寻求转变的场面只不过是推迟了而已。在他想过去死的死和他打算生存的生之间没有多大区别。人工制造的毒药对于把他带向新的生活来说已不必要。他正在从事的冒险已经够具有自杀性了,因为他得进行没有成功希望的奋斗,得受任性的激情或魔术的推动,而不接受艺术的规则或理智。现

---

[1] 《浮士德》,第45、46页:
我被带到一片汪洋的海上……
向着纯粹的活动的新天地迈进……
时机已到,要用行动证明:
男子的尊严并不屈服于神的权威……
你敢下决心欣然走这一步,
尽管存在着危险,会使你堕入虚无。

第三章 歌德

在，在第一部的结尾处，他已经过够了这种败坏的生活，他所有的那种狂热把他带入一种新的生活。他没有变得更好或更理智些。他正在重新开始，像一个新的日子或一个新的人。然而，他保留着他性格的基本部分。他的意志反复无常，但又不屈不挠，他仍然是一无所获。今后只有在一个更宽广的舞台上，在历史和文明的舞台上，他才是浪漫主义的。他的魔术将在他的面前招来某种更理性化的幻景，美和力的赝品。他过去的爱情已被淡忘，像往日的风暴。他只带着对自己过去错误的梦一般的回忆，走去迎接新的一天。

古老的传说里，在促使浮士德把自己的灵魂卖给魔鬼的诸种诱惑中，有一种是女性之美。可怜的隐居者在自己的故纸堆里熬白了头，从未注意过真正的女性，也没有发现她们的美。他是个老学究，当他想到女性美时，他只想到特洛伊的海伦。海伦对于浮士德来说，就像维纳斯对于汤豪泽[1]一样——一位比其他令人销魂的女性更令人销魂的女性。她是凡人的最高的范例。然而年轻的歌德是位诗人和真正的德国人，他用他的灵魂去爱，他没有被这种理想所分心。他给予他的浮士德一种更温柔的爱——

1　汤豪泽：德国抒情诗人，后来成为一个民间传说中的英雄。——译注

一种既是感情的又是感官的爱。后来,当歌德再次以一种更具考古意味的精神来处理古老的传说,重新恢复了海伦在传说中的位置时,他把她从一种只不过是女性美的象征转变成了一种一切美的象征,特别是最高的美即希腊之美的象征。浮士德的第二次爱是对古典主义的激情。

在浪漫主义时代的这一激情不像它听起来那么自相矛盾。温克尔曼[1]及语言学家们正在重建某些古代的东西。正是对于一切体验怀有的激情——也包括对于古人的已经消退的体验——为他们创造了诗歌和古代之美。人们是怎样地赋予了那些英雄时代的一切事物以尊贵地位的啊!多么高贵、宁静,多么漠然无心!雕塑的盲眼是多么纯洁,大理石衣饰的白色褶纹又是多么高雅!希腊是个遥远、迷人的幻景,是人类历史上最浪漫主义的东西。人们在一所庙宇的废墟前产生的阴郁而优美的感情,和人们在一所城堡的废墟前产生的感情一样,是感伤的,但它更加典雅,更加精致。它就是大理石中的动人情操。以卢梭的原始人或席勒的强盗们被理想化的相同方式,《伊利亚特》中的英雄也被理想化了。

拿破仑时代的浪漫的古典主义,处在十七世纪法国文雅的古典主义与当下希腊学者考古性质的古典主义之间。

---

[1] 温克尔曼(1717—1768):德国考古学家、艺术史家。——译注

对于古代生活的美好方面,法国的古典主义十分冷漠,它可以容忍舞台上出现一个戴着假发、扎着丝带的阿喀琉斯。法国悲剧从古代人那里采纳的是某种精神上的东西,一种性格和动机的规范,或一种趣味的标准。他们研究和谐与节制,并非因为这些是希腊人的品质,而是因为它们本质上是合理和美的品质,即使在现代,也自然地归一个文明社会的一个文明诗人所有。还有,在我们这个时代里,有判断力的人们普遍存在的对希腊的赞美,不同于歌德及其他的同时代人对希腊的赞美。因为,如果我们赞美诗歌或雕塑中对古代生活的艺术表达,那么我们知道,这些现象是在一种大的政治和道德原则下才可能出现的。我们知道,尽管有着这一原则,古代艺术仍然是十分混杂的,时常是怪诞和不纯的。

然而,对于歌德来说,如同对于拜伦一样,古代希腊与其说是一种古代文明,不如说是一个活的观念,一种对新的艺术和感情的形式的召唤,因而应该加以科学地研究。歌德从未像他是古典主义的时候那么浪漫。他的对句像戏剧动作,当他将它们打磨完成的时候,他感到自己身上的托加袍[1]在轻轻曳动。他的伊菲格涅亚是一个感伤的梦——被诅咒的人,正如他自己感到的那样;他的海伦是

---

1 托加袍,古代罗马公民穿着的一种宽松长袍。——译注

一个魔术招来的东西。说她是魔术招来的,不仅因为她在故事中是这样偶然来的,而且因为她有精神上的半自觉意识和纯净的美。她在一个封建城堡中的宫廷里,在一群德国骑士环绕下出现的那些场面的明显不和谐,并非真的不和谐。因为这位海伦并不是一个过去的事物,她是浪漫主义时代里所有的对古典事物的梦想和热爱。浮士德和他的诸臣对海伦表示最具有骑士风范和最为浮夸的敬意,他们把她作为一个自在的王后引进了他们的社会。浮士德和她一起到阿卡狄亚[1]隐居——这是仲夏的无所事事的闲散之地。在这里他们生了一个儿子欧福里翁,一位年轻的天才,外貌是古典的,但性格却是狂暴浪漫、不受拘束的。他攀越最高的山峰,喜欢追求逃离他而去的小仙女,热爱狂暴与无理。最后,他想飞,却像伊卡洛斯[2]那样坠地而死。他最后的话是叫他妈妈随他而去。她听从他的话去了,把她的面纱和斗篷留在身后,正如欧福里翁留下了他的七弦琴。海伦的斗篷化作了一片云彩,浮士德乘着这片云返回了他的德国故乡。他知道了,它的作用是使他高出于一切凡俗之上。

---

1 阿卡狄亚:古希腊伯罗奔尼撒半岛中部山区。它在文学艺术中是世外桃源的象征。——译注
2 伊卡洛斯:希腊神话中发明家代达罗斯的儿子,因插上蜡制的翅膀飞近太阳,翅膀融化,坠海而死。——译注

这个长长的寓言是一系列的图画与乐曲,美丽迷人,足以使读者满意而不必去解释它。但是如果我们有意解开谜团,那么诗人的意图是清楚的。地上仙女是一切生命一切文明之母,借助于进入她们所居住的自然的内部,我们可以搜集情报,得以理解哪怕是最陌生的存在。希腊在经历这样一番返璞归真之后,又将以其无与伦比的朴素和美的姿态出现在我们面前。虽然我们看到的东西属于遥远的过去,但是它可以给予我们这一幻景。如果我们的热情像浮士德的一样充满激情、不屈不挠,我们就会实际地劝说死亡之母放弃海伦,以便让我们可以娶她。我们的学术与哲学,我们对古代希腊艺术与文学的忠实模仿,可以实际地呈现我们所熟悉的古希腊的场面。然而,这一被重新发现的时代精神的背景仍然是现代的,它本身也将变成半现代的。我们将不得不去教导海伦如何作诗。这一混血灵感的产物将是一个穿着古典主义外衣的浪漫主义灵魂,一个可爱的放纵之人,他注定会夭折。当这种热情本身扑向严酷的生活环境时,作为它的母亲的古希腊之美也将在我们的眼中黯然失色。我们将被迫满足于让它重新返回到不可逆转的过去事物的领域中去。只有它的外衣,亦即它的艺术与思想的遗迹,还会在趣味和道德忠诚方面,把我们提高到凡俗之上,如果我们热爱它们的话。

这就是歌德伟大智慧的流露:他感到浪漫的古典主义必须放弃或置于次要地位;海伦必须飞逝,而浮士德返回德国,重新感到最终只有格蕾辛才是他的真正所爱。[1] 同时,这一奇异插曲的结果有点令人失望。开头,镜中海伦的形象重新激发了浮士德的热情。在魔术的作用下他再次看到了她,他感到狂喜,感到不能自主。这一灵感的到来,正值格蕾辛死后,他已决心不再像开头那样追求一切体验,而是追求最佳体验之时。[2] ——这是一个暗示,可以预料浮士德意志的转变会构成一个真正的进步。的确,这样一种在凡人中的对无与伦比的、象征性的海伦的无限需求,甚至可以感动死者的守护人,使之怜悯下泪。当我们记起所有这一切时,我们就有理由预料,当他获得如此珍贵的一件恩赐之物以后,在我们的主人公的生活和情感中,会有一个巨大而又持久的进步随之而来。但是要在阿卡狄亚生活,海伦并非必要之物,任何一个牧羊女都可以。

的确,海伦留下了一些遗物,借助于这点我们会理解,古希腊历史、文学和雕塑的影响依然能够陶冶性灵,赋予

---

[1] 《浮士德》第二部第四幕第一场《高山》,第一段独白,第620—621页。
[2] 《浮士德》,第300页:
　　大地啊……你鼓励我,
　　唤起我坚强的决心,使我努力追求最高的存在。

了它一种卓越之感。也许在浮士德就要找到的王国里,他希望建立的,不仅有围堤和自由,而且还有古希腊学术和考古博物馆。欧福里翁的七弦琴也留给了我们,也许是指像拜伦的《希腊群岛》、济慈的《希腊古瓮颂》、席勒的《希腊众神》这样的诗,以及歌德自己的古典主义作品,还将继续丰富欧洲文学。这样的说法有一些道理,但还不足以把浮士德对海伦的巨大热情提高到一种愚蠢的幻觉之上。要获得至上之美,要去过符合自然与理智的完满生活的那种梦想,将会在一点学问一点迂腐中完结。为了把海伦交给瓦格纳,浮士德会赢得海伦。

海伦是斯巴达的王后。固然莱克格斯[1]治下的多立安人的斯巴达是相当后来的事情,与荷马的斯巴达没有什么关系,但是从象征的角度来看,古希腊完满的美的典型海伦成为古希腊完满的纪律的典型斯巴达的王后,是一件最喜人的巧合。一位真正配得上海伦并理解海伦的浮士德会给她建筑一座海伦城,他自己会变成一位人中之主,一位事业上的诗人,即优秀后代与明智法律的缔造者。据柏拉图的说法,这类人与仅仅是文学上的诗人荷马及其他人形成鲜明的对照。因为使得浪漫的古典主义者们迷恋,同

---

[1] 莱克格斯(Lycurgus,前700—前630):斯巴达王室成员,著名政治家、立法者。——译注

时也给予古代诗人自身以灵感的,并非懒散与感伤的产物,也非物质与被迫活动的产物,而是一种有条不紊的战争、宗教、体育以及从容不迫、自我节制的产物。

浮士德命运的下一次转变使他成了一位商人、一位政治家、一位帝国的建造者。如果这块滚动的石头能够长出青苔的话,那么我们有望在这里看到海伦所代表的"人类美学教育"的成果。我们可以指望在绝对美的腿上躺过的浮士德会理解它的本性。我们可以指望他在热切寻找过完美之后,将根据好与坏的差异建立他的国家——对于一位热爱美的人来说,这个差异是不可取消、不可含糊的。换句话说,他会建立一个道德社会,把它建立在伟大的自制与文明的英雄主义的基础上,这样,最高的美就会真正到来,驻于这个城市之中。但是我们根本没有发现这种东西。浮士德建立了他的王国,是因为他必须做些什么,他唯一希望能为他的臣民达成的理想是让他们永远有事可干。因此,在浮士德那里,生活的意志完全不是由他的体验所养成。生活的意志改变了它自己的目标,是因为它必须如此。年轻人的激情屈服于老年人的激情。在他生活的一切幻想中,最不实在的是有关进步的幻想。

这就是绝对的浪漫主义精神的特征:当它完成某件事时,它就必须发明一种新的兴趣。它不断寻找新的游戏;

它总是处于变得极为厌倦的边缘。所以,既然海伦已经飞走,梅非斯特必须前来解救,像一个亲切的护士那样,提出各种新的消遣。他描述了法兰克福、莱比锡、巴黎、凡尔赛,也介绍了那些地方的生活所能提供的娱乐。但浮士德永远是难以满足的,他近来的辉煌冒险向他展示了更多东西。然而,一种新的冲动突然在他胸中升起。海伦的斗篷把他载到高山之巅,从那里他能看见德国的海洋,它的潮水每日覆盖了平坦海岸的巨大伸展部分,它给土地带来盐分,使其无法居住。开垦这些荒地,使其广住居民,这会是一件大好事。看过希腊之后,浮士德的眼光落到了荷兰的土地上。

浮士德这最后一次野心也像其他几次一样,是浪漫主义的。他感受到一种向着政治艺术的冲动,如同他曾感受到的向着爱或美的冲动那样。[1] 用他的意志改造事物,把

---

[1] 《浮士德》,第 628—630 页:
我要做出惊人的成绩,
我觉得有勤奋的力量。
我要获得统治权、所有权!
事业最要紧,名誉是空言。
因此我的精神敢跃出大步;
我要在这里战斗,要将它征服。

他的印记留在自然和人类社会之上,这种想法使人着迷。[1]
但是这种要求活动与权力的激情,头脑简单的评论家会冠以利他主义的美名,说是为他人而活着。其实它没有稳定的目的与标准。[2] 歌德不厌其烦地专门用细节去证明这一点。魔术这种难以教导的意志的活动仍然是浮士德的工具。在皇帝为了镇压一场颇有道理的叛乱而进行的绝望的战争中,梅非斯特借助各种幻觉艺术,确保了皇帝的胜利。作为提供了援助的报偿,浮士德得到了海岸地带作为采邑。必要的堤坝和渠道都由魔术建造,梅非斯特指挥的精灵们用奇怪的妖术挖掘和建造它们。源源而出的贸易也是不合理的:其中夹杂有海盗活动。

不止于此。在某处点缀原始海滩的沙丘上,早在浮士德及其改造到来之前,就住有一位老人菲勒蒙和他的妻子包喀斯。在他们屋舍旁的小丘上,有一座小教堂,它的大钟打扰了住在新建成宫殿里的浮士德。这部分是因为它发出纠缠不休的响声;部分是因为它有基督教的含义;还

---

[1] 《浮士德》,第706页:
我的尘世生涯的痕迹就能够
永世永劫不会消逝。
[2] 《浮士德》,第631页:
发号施令的主上必须在命令中感到极乐。
他胸中虽满怀着崇高的志向,
但他要干啥,无人能够推测。

有部分是因为它提醒他说,他还不是整个国家的主人,国中还有什么东西不是他那具有魔力的意志的产物。老人不受收买。浮士德在一阵不耐烦后命令用暴力把他们赶走,转移到其他更好的住处去。梅非斯特及其奴才有些粗暴地执行了这一命令:用火烧掉了屋舍和教堂,菲勒蒙和包喀斯被烈火所吞噬,或被废墟所埋葬。

浮士德对这一事件感到懊悔。但它只是勇敢的人必须面对的那些不可避免会出现的活动的发展之一,于是他把它尽快地忘记了。他以同样方式对格蕾辛的不幸表示过懊悔,大概还对欧福里翁之死有过同感,但那是在浪漫主义时期。他的意志虽被这些灾难动摇过,但是从未消失。如果生命能够延续,他将继续去做那些他将被迫懊悔的事情,但他会轻松地排除懊悔,去追求某种新的趣味。总的来说,他不会为自己将被迫为这些事情感到懊悔而懊悔。他将不会享有人类的全部体验,但他向往着自我谴责与自我振奋的重要体验。

他把人民移居到漏洞百出的堤坝后面,这样可使他们永远有事要忙。不应该认为如果他真能在具体细节上预见他们的生活,那么他们就会给予他纯粹的满足。荷兰是一个非常有趣的国家,但它不是会令像浮士德这样一位理想主义者为之长久迷恋的景观,就像他发现艺术与科学完全是空虚的,家庭康乐是不可能有的,魔女之厨和地下酒店不值一提一样。浮士德自己的生活远比他那些勤勉的自由民希望能过的生活更为自由,更为活跃。他移居自由民的兴趣是一种专横傲慢、不负责任的兴趣。其中更多的是任意的激情,更多的是自私的幻想。因为他的爱中并无良知,他也不寻求和确保任何人的幸福,所以他的抱负和政治组织也无道德意识。但是只要他的意志得到完成,他也不管根据后果判断这一事情是否值得去做。当开头他还是一位关在研究室里的博士时,他那巨大的郁闷还不是建立在任何真正的不幸之上,而是建立在动荡不安和一种含糊而又无限的抱负之上的,所以他对自己工作的最根本的满足也不是建立在任何完成的善事之上,而是建立在一种热忱的任性之上的。他把他想要给予其他人的东西称为好的东西,因为现在他要把它赠给他们,而不是因为他们自己真想要它。他没有能力表示同情,他有的是精明策划中的一时快感。在他的意志、他的治国才干和所谓公众精神得到最后和"最高"表现的时候,他仍然是浪漫主义的。同时,如果需要的话,他也可以是侵略性的,可以犯罪。

这时,他的末日就要来临。从不幸的小火灾冒出来的烟变形成了匮乏、罪孽、忧愁、死亡四个阴影,她们走过来,在他身边徘徊。匮乏被他的财富所拒绝,罪孽被他的浪漫主义胆魄所打败。但是忧愁从锁孔里溜了进来，对他吹了口气，使他瞎了。而死亡呢，虽然他看不见她，她却紧跟在他的后面。然而，这位老人——浮士德已经一百岁了——是大无畏的，他的一切思想都专注于未来，专注于他正在着手的工作。他命令继续开挖他正在建造的渠道。但是似乎还忠于他的精灵们已经不听话了，他们代之以为他挖掘坟墓。

当浮士德感到死亡即将来临之时，他做出了他最壮丽的自我表白。他说他已经闯过这个世界，同样幸运地得到了命运的磨难与报偿。[1] 他所领会的最后的智慧格言是只有每天争取自由与生存的人，才有享受两者的权利。他将离开他匆匆建造的，用以挡住大海、保护他建立的国家的堤坝。这是一个象征，他们的安全和自由都必须由抵御不屈不挠敌人的永恒斗争构成。他满意地想到许多代人将生活在这种健康的危险与劳作之中，美好前景在他心中出

---

[1] 《浮士德》，第698页：
我只管在世间到处漫游；
把一切欢乐紧紧抓在手里，
不能满足的，就将它放弃，
逃出掌心的，就让它脱离。

现,他几乎要对这一时刻说出,"停一停吧,你真美丽"[1]。随着这些话语——这是对梅非斯特最后的挑战和讽刺性的投降——他沉入了在他脚下张开的坟墓之中。

谁赢得了赌博?可以说浮士德已经说出了标志着梅非斯特胜利的那句话。但是,这句话的真正意义并非如此。梅非斯特想使浮士德放弃他努力而为的意志,放弃他模糊的理想主义的企图失败了。因为能使浮士德满足的仅仅是一种意识,即必须不断努力而为的意志。而无论是他自己,还是他给予了新生活的那些殖民地居民,都不会在一时的享乐之中吃喝,贪欢,毫无更多追求。浮士德保持着他想过暴风雨般艰难、漫长的生活的热情。他仍然忠于他的浪漫主义哲学。

因此,在《天上序曲》所规定的拯救的意义上,也在现在接受他的灵魂的天使们唱的这支歌——"凡是不断努力的人,我们能将他搭救"——的意义上,他得到拯救了。[2]

---

[1] 《浮士德》,第706页:
我愿看到这样的人群,
在自由的土地上跟自由的人民结邻!
那时,让我对那一瞬间开口:
停一停吧,你真美丽!
[2] 《浮士德》,第727页:
凡是不断努力的人,
我们能将他搭救。

这一拯救不依赖于浮士德性格上的任何改善——他至死都是有罪的,从一开始就是上帝的不自觉的仆人——它也不基于他命运的任何转变,似乎在天上他得从事与在地上不同的工作。他打算教导少年的灵魂如何生活。他们死得过早,没来得及拥有对地下酒店、格蕾辛、海伦和瓦尔普吉斯的体验。[1] 教学本是浮士德博士原来的职业(虽然并非这些科目)。教学的无聊曾驱使他研究魔术,驱使他差点自杀,直到他逃进了外面充满奇遇的大千世界。当然,他对他的新学生也不会更满意。他的浪漫主义式的骚动不安在天堂里也不会离开他。某个好日子里,他将把他的天上教科书掷出窗外,带着学生到云中某些狂风大作的地方去品尝生活。

不,浮士德的被拯救,不是在被神圣化、被带入一种最终的永恒幸福状态这个意义上的。他天性中唯一的改进是他在第二部开头从个人活动跃进到了公众活动。如果在这一部的结尾处,他表示希望放弃魔术,像人间的凡人一样生活在真实自然的怀抱中,那么这种希望还仅仅是柏

---

[1] 《浮士德》,第 735 页:
我们早就离开了尘世的众生,
可是他学到不少,
会指教我们。

拉图式的。[1] 在歌德漫长的生活中,有种想法时常来到他心中,亦即智慧的作用是接受自然环境中的生活,而不是企图以生活的意志来召唤生活的环境。如果牢牢坚持这一思想,那么就会构成从超验主义向自然主义的前进。但是,自然的精神本身是浪漫主义的。它自发地、勇敢地、没有深谋远虑地生活着,为了生活本身的缘故,而不是为了享受或得到任何终极之物的缘故而生活着。在自然的环境里,一种无穷生活的荣辱盛衰会是多种多样的,这里没有终极目标的问题,甚至没有任何特殊方向上的无穷进步的问题。改变生活中的航向就是它的活力的组成部分——而这对于浪漫主义的反讽与浪漫主义的精神来说是基本的东西。

《浮士德》寓意中重大的秘密应该到斯宾诺莎那里去找——他是歌德哲学重大问题的源泉。斯宾诺莎有个可敬的学说,或曰洞见,他称之为以永恒的形式看待事物。这种天赋在人脑中是基本的,通常的感觉和记忆是它的偶然形式。因此,当我们运用它来处理终极问题时,我们没

---

[1] 《浮士德》,第696、697页:
我还没有挣脱到自由的场所。
我真想能跟魔术分道扬镳,
把那些咒语一古脑儿忘掉。
自然啊,能在你面前做堂堂男子,
那样才有努力做人的价值。

有与经验相离异,而是相反,是被赋予了经验及其结果。当从一件事物的所有部分或阶段的真实关系来看待它,因而它也被整体地加以看待时,也就是以永恒的形式来看待它了。凯撒的完整传记就以永恒的形式看待凯撒。现在浮士德的完整传记,亦即以永恒的形式所看待的浮士德,就表现了对他的拯救。在浮士德最后顿悟的时刻里,上帝和他自己都看出,以这种精神过这种生活就是获救,这就是做一个人应该做的那种人。这种生活上的污点是有用和必要的污点,它的激情是必要而有创造性的激情。感到这种永恒的不满足就是真正的满足;这种想要一切体验的欲望就是真正的体验。当你好好生活时你就获救了。获救不在你已停止好好生活之后,而在整个过程之中。你的命运是当上帝的仆人。上帝和你的良心将宣布这一判决,这才是你真正的获救。因此,你的价值是以永恒的形式建立起来的。

这部戏剧的哲学性发展就到此为止了,但是歌德又增加了一些成为整个第二部分特点的充满象征图景和诗意格言等丰富的、情感性的细节和场面。当浮士德寿终正寝,或不如说行将如此之时,梅非斯特安排了他的小鬼守在主人公身体的每个毛孔旁边,免得他的灵魂逃出去抓不到。与此同时,一队天使降下,撒下表示爱的红玫瑰,唱起了爱的赞美诗。这些玫瑰如果碰上梅非斯特和他的小鬼,就会变成火球。虽然火是它们熟悉的元素,但是它们还是被烧得焦头烂额,都吓跑了。这样,天使们得以从容不迫地得到了浮士德的灵魂,胜利地把它带走了。

自不待言,这场小孩子们对鼓翼蝴蝶的战斗并不是决定赌博问题和浮士德的拯救的关键,但是歌德在与爱克曼谈话时,用基督教教义作类比,为这种人为的偶然事件的介入作辩解。除了美德之外,神恩也是需要的。格蕾辛和圣母玛利亚的代祈,也和但丁那里的圣母玛利亚、露西亚、贝亚德一样,连同火球的战术,都代表了这种拯救的外部条件。

归根到底,神恩的这一介入,仅象征着以永恒的形式存在,一时尚不完满、尚不充分的事物也有存在的理由。浮士德五光十色、自行其是的生活没有一点是正当的。然而作为一个整体,它却是正当的,神爱把它作为完满充分的事物加以接受。思辨的理性宣称,对于平凡人来说只是一系列的失败与错误的生活,就是可能的最好的生活。如果说濒临死亡的浮士德因为预先感受了他的新荷兰而获得了满足的话,那么他自己的奇妙生活又是多么值得认可、值得羡慕,多么具有存在的理由啊!浮士德一时的缺点不会妨碍他得到永生。他的罪恶和愚行,其实是经过伪装的福祉。他的罪过不是使得他的生活饶有趣味、适于写成诗吗？不正是因为浮士德不断陷于罪过，又不断自拔而起，浮士德才是浮士德吗？这一见解属于更高的理性，即神爱，它将随时拯救他。事物的不完美的形式是永恒的形式，因此一时不完美的事物正因为它是不完美的，所以它又是完美的。活着，就像我们这样活着，如果我们只能这样活着，那么活着便是生活的目的和顶峰。我们必须不断进步，我们必须对自己不满足，这就是<u>应有的态度</u>，这就是有意的姿态，必须坚持不懈。但是，当我们感到这种不满足时，我们完全地满足了。在我们投入比赛又不断失败时，我们为上帝赢得了比赛。

然而，就是这一场景，也没能满足诗人的丰富幻想，他又加上了最后一场，亦即浮士德升天的景象。在比萨的公墓里，歌德曾经看见过一幅壁画，表现各种隐士住在某座圣山的山腰上——西奈山、卡麦尔山或阿陀斯山——每个人都住在自己的小洞或茅舍里。在他们的上面，在辽阔的天空之上，可以看见雄鹰向着圣母玛利亚飞翔。现在诗人通过这样一种景象告诉我们，浮士德的灵魂已被慢慢载向上方。

这个场面被认为是受了天主教观念的激发，而《天上序幕》则是受到《圣经》和新教的启发。歌德自己说过，他的"诗的意义"可以最好地由借自中世纪教堂传统的形象来表现。但是,其实这一场景没有什么天主教的东西,除了人物的名字或头衔。他们所说的都是感伤的风景描绘或含糊的神秘主义,好像带有某种模糊不清的虔敬,实际上大都借自斯韦登伯格[1]。然而,属于斯韦登伯格的东西——诸如天堂教诲、从一境向另外一境的渡航,以及通过其他人的眼睛观看的观念——必然也是一种表达形式。正如我们已看到的,作者的"诗的意义"完全是斯宾诺莎的。无疑他看到了,在另一世界,浮士德的灵魂也得经历一系列新的体验。但是,这一命运不是他的拯救,而是他的不断磨难。结尾处的著名合唱以一种有趣的变奏重复我们以前看到过的时间观点与永恒观点之间的对立。神秘的合唱说[2],转瞬即逝的一切事物只是一种形象。这里,不充分的事物(以永恒的形式)转变成为某种实际的和完全的事物,在体验中似乎只是一种无尽的追求,对于思辨来说,则变成了完美的成功。某种具有无限吸引力和本质

---

1 斯韦登伯格(1688—1772):瑞典著名科学家、哲学家和神学家。——译注
2 《浮士德》,第737页:
一切无常者,不过是虚幻;
力不胜任者,在此处实现;
一切无可名,在此处完成;
永恒的女性,领我们飞升。

第三章 歌德

上不可穷尽的事物——永恒女性,按照歌德的叫法——把生活从一级引向更高一级。

格蕾辛和海伦是这个理想的象征。最后,歌德笔下这位精力充沛的老人感到,他没有指望占有女性之美,占有爱情的甜蜜和忧伤,而且这些东西的理想的完美状态也是不可占有的。他自己已经不带泪水地安于这种没有希望的欲望。像《天堂》中的毕加达一样,他已经赞美了那只给予激情、否定幸福的手。[1] 因此,在梦想一种满足和抛弃这种满足之中,他发现了另一种满足。《浮士德》是以与它开头相同的哲学水平——浪漫主义水平——结束的。生活的价值在于追求而不在于获得。因此,一切事物都值得追求,没有一种事情将会带来满足——除去这种无穷无尽的命运本身。

这就是《浮士德》的正式寓意,即我们可以称之为它的基本哲学的东西。但是正如我们现在所看到的,这个寓意只是读后回想,远未穷尽诗篇本身所包含的哲学观念。这

---

[1] 《激情三部曲》(1923):
我被一种绝对的渴望所驱使,
除了无尽的泪水,没有其他……
所以我的心释放了,
它活跃、跳动,不停地跳动,……
它感觉到,它将永远跳动!是的。——
那是一种如同爱情一般的强烈幸福。

是一个体验的图解。但是体验更为充实,它打开了许多远景,这些远景中的某些部分揭示了比体验本身更深更高的东西。朝圣的道路和他驻脚的旅店,二者都不是他在旅途中看到的全部风景,也不是他前往的真正圣地。在我看来,歌德的《浮士德》中偶然的一种或多种哲学比它的最终哲学要好。例如,第二部第一场在诗意和哲学方面优于最后一场。它显示了对自然和灵魂的现实的更深感受,它更真诚。歌德在这里用斯宾诺莎解释自然,他没有用斯韦登伯格进行梦想,也没有用黑格尔来谈论模棱两可的悖论。

事实上,诗歌方面浪漫主义态度的伟大之处,以及哲学方面先验方法的伟大之处,在于它们把我们重新置于我们体验的开头。它们打破时常是累赘的和混乱的常规,使我们回归到自我,回归到直接感觉和原生意志。而这看来才是真实和必然的起点。如果我们都未从自己的蛋壳里生出来,没有窥见这个世界,那么这个世界的确也还是存在着,正如一千个尚未发现的世界现在存在着一样,但是这些世界对于我们来说,它并不存在着。基于两个原因,这一明显的真理用不着强调:第一个原因是常规知识,诸如我们的科学和道德观念所提供的,时常是头重脚轻的。它所断言并强加给我们的大大多于我们的经验所确证的——而我们的经验,它是我们向着真实的唯一入口。第二个理由与此相反或相对。因为常规知识时常忽略和似乎压制了对于我们来说和孕育了常规知识本身的那部分体验同样重要、同样实际的另外一部分体验。对于灵魂来说,公众世界过于狭窄,并且过于神秘,过于寓言性。因此,浪漫主义反思具有双重效用,即批评和唤醒——折掉死去的树枝,喂给饥饿的嫩苗。正如康德说的,这一哲学是宣泄的:它给人净化并给人自由;它意在使我们开始更生,开始健全。

随之而来的结论是:对这一哲学缺乏共鸣的人,相对来说是个因循守旧的人。他的思想是第二手的。浮士德的思想是第一手的,他有一个真正自由、真诚、大胆的灵魂。然而,随之而来的结论还有:只有这一哲学而无其他哲学的人是没有智慧的;他无法说出值得追求的东西。对他来说,一切都是态度,没有什么算是成就。浮士德,特别是梅非斯特,在他们超验主义的上面还有其他哲学。因为这仅是种方法,用于达到经过严格论证、具有实证根基的结论。对自然的这种观点、这种展望自由地弥漫在《浮士德》的字里行间。智慧的语言使这一愚昧的生活变得多元,正如精妙的场面充斥于这一曲折冗长的戏剧。思想变得自由而真诚,但它仍然处于迷惘之中。

歌德《浮士德》的真正价值完全与其哲学优点对应。

歌德在戏剧的开场中已经说到了它们。他提到很多景色、很多智慧、一些愚行、大量的偶然事件和性格描绘。向后，一位诗人之魂以其所有真诚与热情歌唱了他的生活幻想。这里就是深度，就是内在，就是诚实与坚韧；这里有自然的最动人的音调，有奇异学问和古怪幻想的最为齐全的花色品种。歌德说（在一首本意作为尾声，但是最终没有插入剧中的四行诗里），这部作品就像人的生活：它有开头，也有结尾。但它没有整体性，它不是一个统一体[1]。的确，我们怎么能从没有条件加以限制、没有目标加以引导的无限体验中概括出要点呢？显然，一位纯粹体验的诗人所能做的一切就是再现它的某些片断，或长或短的片断。再现的体验越多，它就越将成为一部片断合集，它的最后一部分也就越将与开头不相容。如果这一整体更大一些，如果我们有足够的记忆力或预见性，可以拥有在种类上与我们碰巧经历过的事件完全相异的其他体验的话，那么我们所认为的创造了我们描述过的一切的任何人物都无法统领这一更大的整体。追求多样、追求无限、追求永无终止，这是浪漫主义生活的本质。我们能不能说，就其直接性而言，

---

1 《庄园断想·消散》：
人生就是一首相似的诗，
它有开端，也有结束，
而它不是一个整体。

它也是一切生活的本质呢？能不能说，只有就本身不是生活的事物——目标、理想，以及无法体验但可构想的一切——而言，生活才是理性的和向前进的呢？由此，我们可以看到浪漫主义的根本的和不可分割的卓越之处：它的真诚、它的自由、它的丰富、它的无限。由此，我们也能看到它的局限，亦即它不能固定于或依赖于它的任何理想，盲目地相信宇宙也和它自己一样顽皮任性。因此，自然与艺术也总是从它的指缝间溜掉。它顽强地体验，但将不会在体验中学到任何东西。

结　语

研究过这三位哲学诗人之后,也许能够在他们之间进行某些比较。比较并不意味着讨论哪一位最佳。每位都有最佳之处,每位都非样样俱佳。表达一种偏爱,与其说是一种批评,不如说是一种个人表白。如果一个人可以依次从每位诗人那里取得某些愉悦感的话,那么这些愉悦感会根据这个人的脾性、他生活的时代、他最精通的语言以及他最熟悉的信条而有所不同。我们已对体现在每位诗人身上的想像与哲学的形式做出了分析,而比较则意味着对这些分析进行评论,看看他们何处相同、如何不同,以及从各种不同的观点来看他们应该排成何种序列。这样,我们刚刚看到,歌德在他的《浮士德》中表现了体验的直接性、多样性以及明显的无立场性。他把体验表现为一段情节,在这段情节的前后,可以设想其他情节。你离这段情节越远,其他情节就与这段情节越不相同。这里不可能有整体性,因为没有确定的立场。再看卢克莱修,区别十分明显。立场是他时时注意的东西。由于注意了立场,他也就注意了它的可能的产物。在卢克莱修的作品中出现的体验,不是像每个人亲自遭遇的那样,而是像科学的观察者从外部观察的那样。对他来说,体验是一连串自然的、不可避免的、单调不变的感觉,它涉及人的天性的运行。他的体验的立场与局限十分明显。

另一方面,在但丁的作品中,我们看到的是一种同样具有整体性,同样来自上天,某种意义上说也来自外界的体验观。但是他所参照的外部观点是精神的而非物理的。使诗人感兴趣的是何种体验最好,何种过程可以导向一种尽善尽美、合理自足与不可毁灭的存在。歌德是生活的诗人,卢克莱修是自然的诗人,但丁是拯救的诗人。歌德给予我们的是相当基本的东西——混沌的感觉之流、心灵的呼喊、艺术与科学的最初试探性的观念,这些都是魔术或机敏可以达到的。卢克莱修把我们向前带一步。我们的智慧降低成为印象主义的和偶然的。它取决于对事物的理解,所以对我们来说仍然是幸福的东西,没有欺骗我们,我们可以光荣和平静地占有它。对可能的东西的了解是幸福的开端。但是,但丁把我们带得比这个更远。他也有对可能和不可能的东西的了解。他搜集了以前的哲学家和圣人们的箴言,以及他周围社会中特有的全新的例证。借助于它们的帮助,他把在这一生活中可以明智地纵容的雄心与只有疯子才会助长的野心区别开来——前者被称为美德与虔诚,后者被称为愚蠢与罪过。使得这些知识成为宝贵财富的原因,不仅在于它们总括地勾画了生活的范围与问题,而且在于它们也对其详细地进行了描绘——对于可能事物的细节描写不亚于(悲剧诗人更熟悉的)对不可能事物的细节描写。

例如,卢克莱修对什么东西是真正有价值的或可以获得的观念是十分贫乏的:摆脱迷信的自主,以及如此之多能够保障这一自主、友谊和一些廉价有益的动物性快感的自然科学。没有爱,没有爱国主义,没有事业,没有宗教。所以,在禁止我们去做的事情方面,卢克莱修也只看到普遍之物——激情的愚蠢,迷信的危害。但丁则相反,他十分清楚地看到了各种生活中的陷阱。他清楚地看到它们,看出每个陷阱是多么危险,他也看出了人为什么落入陷阱,看到了引入迷途的想像,以及那些不可达到之善的甜蜜。他甚至在我们最终必然称之为恶的事物中感到了吸引我们前往的善的灵魂,这样,他就感到了善的所有可爱之处和一切变化形式。除了在但丁的作品中,我们还能在什么地方找到与天国中其他明星不同的如此众多的明星,找到如此众多至善的令人喜爱的处所,找到如此众多形式、音调、思想和目的的卓越的美,以及找到如此众多精细之美和英雄主义呢?但丁是一位借助于体验而懂得"何者值得借助于体验去懂得"的大师,是一位善于区别的大师。

那么,这里就是我们这三位诗人和他们的要旨:歌德,基于直接的人的生活进行浪漫主义的探讨;卢克莱修,基于一种自然的眼光和人类生活的局限性进行探讨;但丁,基于一种对于人的生活的精神把握,以及一种对于善与恶的完全理解进行探讨。

你可以根据你对何者为真、何者重要的感觉而停留在你所愿意停留的阶段。因为一个人称之为更高的,另外一个人会称之为不真的;一个人感到是有力的,另外一个人会觉得是不洁的。最后,如果我们不得不去掉两位诗人的话,那么我们不会只满足于剩下的那位。从形式上来说,就其哲学与想像的形式而言,的确,但丁比卢克莱修高一个水平,卢克莱修比歌德高一个水平。但是诗人所居的水平并不是一切,更多的是取决于他带了多少东西到这一水平上来。现在,歌德身上有很多、非常多东西是卢克莱修一无所知的。卢克莱修对此一无所知,他不能把这笔体验的财富带到知识的和自然主义的水平;他不能用他更敏锐的眼光和更明确的信仰来点化歌德这笔更丰富的财产。他织入他诗中的没有这么多。因此,虽然像卢克莱修那样看待自然,是一种比仅仅以浪漫主义方式艰苦地生活更为伟大的业绩,它会产生出一种比歌德的魔术杂烩更纯粹更高飞的诗篇,但是歌德的杂烩充满了卢克莱修连做梦都无法得到的意象、激情、回忆和反省的智慧。卢克莱修的智力飞扬,但是相对来说它只是空空地飞扬着。他的眼力把事物看作一个整体,看到了事物的正确位置,但他看到的事物非常少;他对事物那错综复杂的关系、对它们那轻盈多样的小精灵相当麻木。歌德令人赞叹地了解这些东西。为了运用这些东西,他举办了一个自然的音乐会,一切都太自然了,因为它们有时不协调,有时太沉重和阴郁。要想了解生活的规模,就必须从卢克莱修回归到歌德。

因此,如果我们从卢克莱修升向但丁,那么我们也有很多我们不能失去的东西留在了身后。乍看起来,但丁似乎也有一个在完整和明确两个方面不亚于卢克莱修的自然观。但丁的自然观甚至比唯物主义更为有效,因为它确认了人的命运的局限性,标示出了通往幸福的道路。但是这里只是一种幻觉。但丁的自然观不是真实的,它不是真正完全出于理性的观察。它是一个由神话截取、用理论创造的自然观。因此,他既没有通往幸福之路的真正观念,也没有有关它的真实状况的真正观念。他对自然的概念是道德世界的一个倒转的形象,像一个庞大的影像投在天上。它是一个海市蜃楼。

那么,虽然懂得恶,特别是懂得善,懂得它们所有的形式和内在含义,是一件远比懂得善恶的自然条件或它们在空间和时间里的真正分布更为伟大的事情,但是如果较低的哲学是匮乏的或虚假的,那么较高的哲学也不安全。它在实践上自然并不安全,它甚至在诗学上也不安全。在《神曲》中有一种稀薄的声响和意象。从头至尾唱着歌曲的那个声音是个单薄的儿童高音,总的来说奇异而且质朴。这一艺术并不带有生活的气息,而是带有梦游的味道。其理由是,智力已被一种传说的和言辞的哲学施予了催眠术。十分奇怪的是,它已被一种过度的人道主义非人化了。借助于这种渴望的幻想,人和他的道德性占据了宇宙的中心。但丁总是想到历史中和天国中的神圣秩序。他相信支配与涤荡个人灵魂。因此,他似乎是位宇宙论的诗人,远离了浪漫主义的人类中心主义观念。但是他并没有远离它。因为,正如我们已经看到的,他的灵魂在其中歌唱的那个金笼是人造的。建造它的目的就是确立和赞美人的卓越和人的嗜好。鸟儿并不在自然的野外,人也不在自然的怀抱之中。在某种精神意义上,他仍处于宇宙的中心。他是任命了的地上之主,上天之钟爱者。历史是出简短的、预先安排好的戏剧,其中犹地亚和罗马是它的主要剧场。

这些幻想之中,某些内容已被抛弃,所有内容都受到了侵蚀。有时,当我们没受刺激也无灵感之时,我们会为但丁这么轻易地使自己与这样一个想像出来迎合人的幻想、迎合人的意愿的世界取得一致感到遗憾。我们又会羡慕但丁,他不理会自然,这使他可以假设他主宰了自然,因为一个无限的和丰富的自然不可能被它自己的任何一个部分主宰。然而,最终,知识是有助于想像的。但丁自己这样认为:他的作品证明他是对的,他的作品无限地超越了所有无知的当代诗人的作品。对于一位诗人来说,知识的幻想优于无知,但是知识的真实优于幻想。它能扩展思想,看到更为广大、更为鼓舞人心的场面;它将把意志集中于一种更可获得、更为卓越、更为相宜的幸福之上。所知事物的扩大增加了可以想像、可以期望的事物的规模。自然的无限展开在年轻诗人面前,让他感到甚至就在这个小行星上也有生活的动荡、目的的多样,有文明,有宗教;让他追溯艺术与哲学的胜利与愚昧,以及它们的不断复活——就像沮丧的浮士德的更生。如果在这样一个场面的激励下,他没有在什么时候写出一部《自然之曲》,像它在崇高和丰富性上超过但丁的《神曲》那样,在真实性上也超过它的话,那么错误不在主题——主题是动人的和重大的——而在于这位优柔寡断的天才本身,他不能恰如其分地表现这一主题。

无疑,这样展示出来的宇宙是不会没有它的阴影与它的不断出现的悲剧的。这属于事物的本性。但丁的宇宙由于有它神秘的唯心主义,不会没有地狱。那些转动的天球带着光明与音乐,永远围绕着地狱旋转。也许,在自然的真实生活中,无法证明恶会如此处于中心地位。这似乎更是一种不可避免但又偶然产生的不和谐。当世界得到更好的了解,意志得到更好的指导的时候,这一不和谐才会消失。在但丁的天球里,不会有任何失调。但在天球的中心,有着永恒的悲哀。在我们物理学的星云中,失调无处不在,和谐仅是暂时的和近似的,情况正如在最好的人间生活中那样。但在它的中心,没有任何凶险之物,仅有自由、清白,以及无穷无尽的一切种类的幸福的可能性。这些可能性会诱使未来的诗人们去描绘它们。但同时,如果我们希望看到一幅基本上真实的自然的景象,那么我们就必须从但丁回归卢克莱修。

显然,能够如愿的东西,能够构成一位真正哲学的或全面的诗人的东西,就是我们三位诗人所具有的眼光与天赋的结合。这一结合是不可能有的。眼光可以是一个与另一个的叠加。歌德所表现的一切范围的体验,应是基础。但是,因为体验的范围可能是无限的,因为存在着各种可能的世界和各种感觉与思想习惯,所以,最宽广的眺望将会留给诗人一种无限深远之感,歌德留给我们的就是这个。他有从可能境界召唤任何使他感兴趣的形式的自由。诗歌与艺术都将恢复它们原有的自由。美不会受到禁止,也不会服从规定。因为像浮士德那样召唤一切体验的意象,本是一件非常解放、非常崇高的事。除非做到这点,否则我们仍有后顾之忧。如果我们所讨论的体验十分遥远,那么我们为体验提供的一切解释都将不得要领,毫无价值。任何解释,无论根据多么充分,都不会有绝对权威。生命的不屈不挠的自由是永存的,它要求多、要求新、要求成为迄今为止尚未作为想像而进入人心中的一切。和这一自由一道前进的,还有肉体与精神两方面的理性的谦虚,它可以仅仅要求部分的知识,只要求个别灵魂、个别城市或个别文明的秩序。

然而,诗歌与哲学都是文明化的艺术。它们适合于某些特殊的天才,他们在特定的时代与地点成功地成熟了。一位仅仅游向感觉之海,试图描绘一切真或不真、人的或非人的可能事物的诗人,只会把材料带到艺术的作坊里。他成不了一位艺术家。除了歌德的天才之外,他还得加上卢克莱修和但丁的天才。

适合理性艺术发展的,看来有两个方向,取决于有限的体验可以给予它哪一个方向。艺术最终可以支撑一种特殊的生活方式,它可以表达它。我们称之为工业、科学、商业、道德的一切在支撑着我们的生活。它向我们说明了我们的环境,要求我们适应环境;它为我们进行生活提供了装备;它为我们将要进行的游戏布置了场地。然而,这一初步劳动并不必然是奴性的。进行这一劳动也是练习我们的本领——正如卢克莱修的想像,最惬意地追溯了原子的舞蹈以及飞翔的过程。那么,艺术的一种扩展,就是在艺术地、快乐地、富于同情地做我们必须去做的任何事情的方向上。文学(它涉及了历史、政治、科学以及爱情)完全是一种特别的艺术品。它成为艺术品,不是由于它是华美的,而是由于它是适当的。当我们阅读或写作时,我们会有一种巨大的精确和公正之感。它会使我们高兴,它会使我们看到严谨、朴素、真诚的艺术是多么美丽、多么宜人。像荷马、像莎士比亚一样的哲学的或全面的诗人,将是一位描写事务的诗人。他会对他所生活的世界非常喜爱,对它有着清楚的观察。

还有第二种理性艺术的形式,它表达一种理想。在那些提高了的条件下,我们将向这种理想前进。因为当我们做出反应时,我们就已宣示了一种内在的原则,它表达在这一反应中。我们有种选择自己方向的天性,在这种方向上,实践艺术将改造世界。外在的生活为的是内在的原因。原则是为了自由,征服是为了自己占有。这种内心生活异常丰富,亦即,它的内容比指挥身体自我调整以适应环境的行动所需的意识要丰富得多。我们的生活具有丰富的深层。每种感觉都有它特有的性质;每种语言都有它特有的悦耳之声和诗体韵律;每种游戏都有它独具创造性的规则;每个灵魂都有它自己温柔的反响与秘密的梦想。生活是出戏剧。如果它那持久的核心更牢固地建立在这个世界上的话,那么它的边缘将会更广阔地扩展。在好好工作的艺术之上,一个文明种族应该加上好好游戏的艺术。和自然游戏,使它具有美的效果;和生活的弦外之音游戏,使它们变得令人喜悦。这就是一种艺术。它是一种终极的、最为精妙的艺术,但是它从未被人成功地进行实践,只要其他种类的艺术还处于落后状态。因为,如果我们不了解我们的环境,那么我们就会把我们的梦想误以为是它的一个部分。这样,我们就使科学成了空想,从而败坏了我们的科学。我们就使梦想成了强制的,从而败坏了我们的梦想。正如我们在但丁那里清楚地看到的,过去的艺术与宗教已经犯了这个错误。为了纠正这一错误,就必须建立一种基于精神自由与精神胆略的新的宗教与新的艺术。

谁将成为这种具有双重洞察力的诗人呢?他从未存在过。但是,尽管如此,还需要他。现在是某位天才出现,重新复原这一世界的破碎图画的时候了。同时,他将在持续存在的一切体验之中生活,并敬重这一体验;他将理解自然,它是那一切体验的基础;他也将具有对他自己激情的理想回应,对他可能拥有的幸福的所有特质保有一种敏锐的感知。能够激发一位诗人灵感的一切都包含在这个任务中,除了这个任务之外,没有任何东西可以穷尽一位诗人的灵感。我们可以从远方向这位所需的天才欢呼。像但丁的地狱边缘的诗人们在维吉尔转回他们中间时向他致意那样,我们也向这位天才致意:尊敬的大诗人。光荣属于这位最高的诗人,光荣属于这位最有希望的诗人。但是这位至高无上的诗人仍在路上。[1]

---

[1] 原文为"But this supreme poet is in limbo still."。其中"limbo"与前句的"地狱边缘"为同一单词,另一意思为"过渡状态"。——译注

后　记

本书原标题为《三位哲学诗人：卢克莱修、但丁与歌德》（*Three Philosophical Poets: Lucretius, Dante, and Goethe*），这是这个中文译本的第三次出版（前两次分别是北京大学出版社 1991 年版与广西师范大学出版社 2002 年版），这大概可以在一定程度上说明，本书是具有学术价值的。

作者乔治·桑塔亚那（George Santayana）为西班牙诗人、散文家、批评家、美学家和哲学家，1863 年 12 月 16 日生于西班牙马德里，1952 年 9 月 26 日逝于意大利罗马。不知何故，许多资料都将桑塔亚那标记为西班牙裔美国人。桑塔亚那的确长期生活在美国、英国、意大利等多地，但他始终保留着西班牙国籍。对此，他这样说："国籍和宗教就像我们对女人的爱情和忠诚，这些东西与我们的道德本质盘根错节，难以体面地改变，而对自由不羁的人而言，它们又是偶然之物,不值得变更。"[1]

桑塔亚那一生大致分为三个时期:幼年时期、美国时期、欧洲时期。

1872年夏,桑塔亚那由父亲从西班牙送到波士顿母亲处。他先在文法学校读了两年,后在拉丁学校读了八年;1882年秋进入哈佛学院,四年后获学士学位;1886年在一笔奖学金的赞助下,赴柏林大学留学研究希腊哲学;1888年回到哈佛,次年以一篇关于德国哲学家洛采(Lotze,1817—1881)的论文获博士学位,留任哈佛做讲师,接替威廉·詹姆斯讲授哲学;1896—1897年,赴剑桥大学国王学院访学一年。1896年秋,出版第一部哲学著作《美感》。

1912年,桑塔亚那得到一笔遗产,他向校方请了一年半的长假,赴欧游学;其间母亲病逝,他去函正式辞去哈佛教职。究其原因,大约为三:一是他偏爱牛津剑桥式的古典学院风格,对于当时迅猛扩张、不断创新的哈佛不以为然;二是西班牙在美西战争(1898)中败北,美国的所作所为令幼年生长于西班牙的他颇为不满;三是与暴发的美国相比,他更喜欢古老的欧洲。桑塔亚那回到欧洲之后,先后在西班牙、法国与英国生活过;第一次世界大战期间滞

---

[1] 桑塔亚那:《英伦独语》,邱艺鸿、萧萍译,生活·读书·新知三联书店,2003年,第5页。

留牛津,曾有机会留任新学院(New College),但是最终婉拒,经历了与英国从"相爱"到"离婚"的过程。

20世纪20年代后期,桑塔亚那移居意大利。20世纪30年代,墨索里尼上台,桑塔亚那曾对法西斯政权抱有幻想,随即他认识到其暴政性质;他曾试图离开意大利前往瑞士,因为某些原因未果。1940年10月14日,桑塔亚那住进一家医院,直至生命终结。

桑塔亚那著作颇丰,主要包括:《美感》(1896),《理性的生活》(1905—1906),《怀疑主义与动物信仰》(1923),《存在的领域》(1927—1940),《统治和权力》(1951),《诗和宗教的说明》(1900),《诗与哲学:三位哲学诗人卢克莱修、但丁与歌德》(1910),《柏拉图主义与精神生活》(1927),《最后的清教徒》(1935),《人和地》(1944)。

桑塔亚那的认识论是怀疑主义的,强调理性的批判性质。他的人生观是自然主义的,曾要求将自己安葬于一个非宗教的场地,但是由于客观原因,最终他被安葬于属于多种宗教的罗马维罗诺(Campo Verano)公墓。桑塔亚那终身未娶,有些证据表明他有某种程度的同性恋倾向。囿于家庭的阶级属性与教养环境,他的政治观点是右翼保守的,带有某种贵族气质。他反对社会主义,质疑自由主义与民主主义,在保持个人主义独立性的同时怀有某些意识形态偏见;在这方面,他似乎与师长威廉·詹姆斯、学生 T. S. 艾略特一脉相承。

本书是最重要、最有影响的比较文学批评著作之一,前面译序已经对于它的内容进行了概括与引导。本书主张诗的价值应该是丰富与多层次的,除了艺术性美感与现实关注之外,哲学性广度与深度也是构成其价值的重要维度。个人情感、社会意义与哲学思想是诗歌价值的基本层次,当然,还可以有更多其他层次。这里想要强调的是,本书视野辽阔,规模宏伟,历史跨度从古代、中世到近代,对于欧洲三位最著名的诗人及其代表作进行比较研究,同时为它们建立了一个哲学性质的体系,将欧洲两千年的主流思想概括为自然主义、超自然主义与浪漫主义,比较准确地指出了其特征与流变。这对于从宏观上把握西方思想成就,有着重要的启示意义与参考价值。

好书不仅增加知识,还能带来启发。这部著作引发了我的下述思考:是否可以在桑塔亚那论点的基础上,进一步对从 19 世纪至今的层出不穷、纷繁复杂的西方哲学思想与文学现象进行概括——已经可以还是为时尚早?概括为何种主义——例如存在主义、解构主义或者其他?以哪一部文学作品为代表——《荒原》《百年孤独》或者其他?与西方经典相比较,当代西方哲学与文学现象究竟应如何评价？

本书根据哈佛大学出版社1910年的初版本翻译而成。本次中译本再版，出版方有意让我为此版本写篇新序言，重看初版序言，感觉自己竟无新的发现，故写下这些背景资料、相关联想作为后记。在多年之前旧译基础上，这次做了某些校改，但是肯定尚存问题。这非自谦之辞，希望方家不吝指教，以便今后完善。

感谢周宪教授，三十年前他推荐我翻译本书，收入他所主编的北京大学出版社《艺术沉思录译丛》。感谢商务印书馆白中林先生，他的慧眼使得本书得以再次问世。感谢成逸洁女士，她的编辑帮助本书得以完善出版。

华明

2020年11月5日

于金陵扬子江畔

图书在版编目(CIP)数据

诗与哲学：三位哲学诗人卢克莱修、但丁及歌德 /（西）乔治·桑塔亚那著；华明译.—北京：商务印书馆，2021.4（2023.7 重印）
ISBN 978-7-100-19053-4

Ⅰ.①诗… Ⅱ.①乔…②华… Ⅲ.①卢克莱修（Lucretius 前 99- 前 55 年）—诗歌研究②但丁（Dante, Alighieri 1265–1321）—诗歌研究③歌德（Goethe, Johann Wolfgang Von 1749–1832）—诗歌研究 Ⅳ.① I500.72

中国版本图书馆 CIP 数据核字（2021）第 046890 号

权利保留，侵权必究。

诗与哲学

三位哲学诗人卢克莱修、但丁及歌德

〔西班牙〕乔治·桑塔亚那 著
华 明 译

商 务 印 书 馆 出 版
（北京王府井大街36号 邮政编码100710）
商 务 印 书 馆 发 行
南京新洲印刷有限公司印刷
ISBN 978-7-100-19053-4

2021年4月第1版	开本 787×1092 1/32
2023年7月第2次印刷	印张 6¾

定价：38.00 元